莎士比亚全集·中文本(典藏版)
William Shakespeare: Complete Works

［英］威廉·莎士比亚（William Shakespea
辜正坤 主编／傅浩 译

尤 力 乌 斯 · 凯 撒

The Tragedy of Julius Caesar

外语教学与研究出版社
北京

京权图字：01-2016-5010

图书在版编目 (CIP) 数据

尤力乌斯·凯撒／（英）威廉·莎士比亚（William Shakespeare）著；傅浩译.
北京：外语教学与研究出版社，2024.6. --（莎士比亚全集／辜正坤主编）.
ISBN 978-7-5213-5338-9

I. I561.33
中国国家版本馆 CIP 数据核字第 2024SJ3360 号

尤力乌斯·凯撒
YOULIWUSI KAISA

出 版 人	王 芳
项目负责	邢印姝 郭芮萱
责任编辑	徐 宁
责任校对	都楠楠
封面设计	张 潇
出版发行	外语教学与研究出版社
社 址	北京市西三环北路 19 号（100089）
网 址	https://www.fltrp.com
印 刷	三河市北燕印装有限公司
开 本	710×1000 1/16
印 张	10
字 数	160 千字
版 次	2024 年 6 月第 1 版
印 次	2024 年 6 月第 1 次印刷
书 号	ISBN 978-7-5213-5338-9
定 价	68.00 元

如有图书采购需求，图书内容或印刷装订等问题，侵权、盗版书籍等线索，请拨打以下电话或关注官方服务号：
客服电话：400 898 7008
官方服务号：微信搜索并关注公众号"外研社官方服务号"
外研社购书网址：https://fltrp.tmall.com

物料号：353380001

记载人类文明
沟通世界文化
www.fltrp.com

出版说明

  1623 年，莎士比亚的演员同僚们倾注心血结集出版了历史上第一部《莎士比亚全集》——著名的第一对开本，这是三百多年来许多导演和演员最为钟爱的莎士比亚文本。2007 年，由英国皇家莎士比亚剧团（Royal Shakespeare Company）推出的《莎士比亚全集》，则是对第一对开本首次全面的修订。

  本套《莎士比亚全集》新汉译本，正是依据当今莎学界最负声望的皇家版《莎士比亚全集》翻译而成。译本的凡例说明如下：

  一、**文体**：剧文有诗体和散体之分。未及最右行末即转行的为诗体。文字连排、直至最右行末转行的，则为散体。

  二、**舞台提示**：

  1）角色的上场与下场及其他舞台提示以仿宋体排出，穿插于剧文中的舞台提示以圆括号进行标注，如：(对亨利王子)。

  2）舞台提示中的特殊符号。译本所依据的皇家版《莎士比亚全集》的编辑者对舞台提示中的不确定情形以特殊符号予以标注，译本亦保留了这些符号：如(旁白？)表示某行剧文既可作为旁白，亦可当作对话；又如某个舞台活动置于箭头 ↓↓ 之间，表示它可发生在一场戏中的多个不同时刻。

  三、**脚注**：脚注中除标注有"译者附注"字样的，均译自或改编自皇家版《莎士比亚全集》注释。脚注多为对剧文中背景知识及专名的解释，以使读者更好地理解剧情；亦包含部分与英文原文相关的脚注，以使读者在品味译者的佳文时，亦体验到英文原文的精妙。

　　四、文本：译本以第一对开本为蓝本，部分剧目中四开本与之明显相异的段落亦有译出，附于正文之后，供读者参考。

　　此《莎士比亚全集》新汉译本历经策划、翻译、编辑加工和印装等工序，各个环节的参与者均竭尽全力，力求完美，但由于水平、精力所限，难免有所错漏，敬请广大读者赐教指正。

外语教学与研究出版社
综合出版事业部

莎士比亚诗体重译集序

辜正坤

他非一代骚人，实属万古千秋。

这是英国大作家本·琼森（Ben Jonson）在第一部《莎士比亚全集》（*Mr. William Shakespeares Comedies, Histories, & Tragedies*, 1623）扉页上题诗中的诗行。三百多年来，莎士比亚在全球逐步成为一个家喻户晓的名字，似乎与这句预言在在呼应。但这并非偶然言中，有许多因素可以解释莎士比亚这一巨大的文化现象产生的必然性。最关键的，至少有下面几点。

首先，其作品内容具有惊人的多样性。世界上很难有第二个作家像莎士比亚这样能够驾驭如此广阔的题材。他的作品内容几乎无所不包，称得上英国社会的百科全书。帝王将相、走卒凡夫、才子佳人、恶棍屠夫……一切社会阶层都展现于他的笔底。从海上到陆地，从宫廷到民间，从国际到国内，从灵界到凡尘……笔锋所指，无处不至。悲剧、喜剧、历史剧、传奇剧，叙事诗、抒情诗……都成为他显示天才的文学样式。从哲理的韵味到浪漫的爱情，从盘根错节的叙述到一唱三叹的诗思，波涛汹涌的情怀，妙夺天工的笔触，凡开卷展读者，无不为之拊掌称绝。即使只从莎士比亚使用过的海量英语词汇来看，也令人产生仰之弥高的感觉。德国语言学家马克斯·缪勒（Max Müller）原以为莎士比亚使用过的词汇最多为 15,000 个，事后证明这当然是小看了语言大师的词汇储藏量。美国教授爱德华·霍尔登（Edward Holden）经过一番考察后，认为至少达 24,000 个。可是他哪里知道，这依然是一种低估。有学者甚至声称用电脑检索出莎士比亚用的词汇多达 43,566 个！当然，这些数据还不是莎士比亚作品之所以产生空前影响的关键因素。

其次，但也许是更重要的原因：他的作品具有极高的娱乐性。文学作品的生命力在于它能寓教于乐。莎士比亚的作品不是枯燥的说教，而是能够给予读者或观众极大艺术享受的娱乐性创造物，往往具有明显的煽情效果，有意刺激人的欲望。这种艺术取向当然不是纯粹为了娱乐而娱乐，掩藏在背后的是当时西方人强有力的人本主义精神，即用以人为本的价值观来对抗欧洲上千年来以神为本的宗教价值观。重欲望、重娱乐的人本主义倾向明显对重神灵、重禁欲的神本主义产生了极大的挑战。当然，莎士比亚的人本主义与中国古人所主张的人本主义有很大的区别。要而言之，前者在相当大的程度上肯定了人的本能欲望或原始欲望的正当性，而后者则主要强调以人的仁爱为本规范人类社会秩序的高尚的道德要求。二者都具有娱乐效果，但前者具有纵欲性或开放性娱乐效果，后者则具有节欲性或适度自律性娱乐效果。换句话说，对于 16、17 世纪的西方人来说，莎士比亚的作品暗中契合了试图挣脱过分禁欲的宗教教义的约束而走向个性解放的千百万西方人的娱乐追求，因此，它会取得巨大成功是势所必然的。

第三，时势造英雄。人类其实从来不缺善于煽情的作手或视野宏阔的巨匠，缺的常常是时势和机遇。莎士比亚的时代恰恰是英国文艺复兴思潮达到鼎盛的时代。禁欲千年之久的欧洲社会如堤坝围裹的宏湖，表面上浪静风平，其底层却汹涌着决堤的纵欲性暗流。一旦湖堤洞开，飞涛大浪呼卷而下，浩浩汤汤，汇作长河，而莎士比亚恰好是河面上乘势而起的弄潮儿，其迎合西方人情趣的精湛表演，遂赢得两岸雷鸣般的喝彩声。时势不光涵盖社会发展的总趋势，也牵连着别的因素。比如说，文学或文化理论界、政治意识形态对莎士比亚作品理解、阐释的多样性与莎士比亚作品本身内容的多样性产生相辅相成的效果。"说不尽的莎士比亚"成了西方学术界的口头禅。西方的每一种意识形态理论，尤其是文学理论，要想获得有效性，都势必会将阐释莎士比亚的作品作为试金石。17世纪初的人文主义，18世纪的启蒙主义，19世纪的浪漫主义，20世纪的现实主义或批判现实主义，都不同程度地、选择性地把莎士比亚作品作为阐释其理论特点的例证。也许17世纪的古典主义曾经阻遏过西方人对莎士比亚作品的过度热情，但是19世纪的浪漫主义流派却把莎士比亚作品推崇到无以复加的崇高地位，莎士比亚俨然成了西方文学的神灵。20世纪以来，西方资本主义阵营和社会主义阵营可以说在意识形态的各个方面都互相对立，势同水火，可是在对待莎士比亚的问题上，居然有着惊人的共识与默契。不用说，社会主义阵营的立场与社会主义理论的创始人马克思（Karl Marx）、恩格斯（Friedrich Engels）个人的审美情趣息息相关。马克思一家都是莎士比亚的粉丝；马克思称莎士比亚为"人类最伟大的天才之一，人类文学奥林波斯山上的宙斯"！他号召作家们要更加莎士比亚化。恩格斯甚至指出："单是《快乐的温莎巧妇》[1]的第一幕就比全部德国文学包含着更多的生活气息。"不用说，这些话多多少少有某种程度的文学性夸张，但对莎士比亚的崇高地位来说，却无疑产生了极大的推动作用。

第四，1623年版《莎士比亚全集》奠定莎士比亚崇拜传统。这个版本即眼前译本所依据的皇家版《莎士比亚全集》（*The RSC William Shakespeare: Complete Works*, 2007）的主要内容。该版本产生于莎士比亚去世的第七年。莎士比亚的舞台同仁赫明奇（John Heminge）和康德尔（Henry Condell）整理出版了第一部莎士比亚戏剧集。当时的大学者、大

1　英文剧名为 The Merry Wives of Windsor，朱生豪先生译作《温莎的风流娘儿们》；重译本综合考虑剧情和英文书名，译作《快乐的温莎巧妇》。

作家本·琼森为之题诗,诗中写道:"他非一代骚人,实属万古千秋。"这个调子奠定了莎士比亚偶像崇拜的传统。而这个传统一旦形成,后人就难以反抗。英国文学中的莎士比亚偶像崇拜传统已经形成了一种自我完善、自我调整、自我更新的机制。至少近两百年来,莎士比亚的文学成就已被宣传成世界文学的顶峰。

第五,现在署名"莎士比亚"的作品很可能不只是莎士比亚一个人的成果,而是凝聚了当时英国若干戏剧创作精英的团体努力。众多大作家的智慧浓缩在以"莎士比亚"为代号的作品集中,其成就的伟大性自然就获得了解释。当然,这最后一点只是莎士比亚研究界若干学者的研究性推测,远非定论。有的莎士比亚著作爱好者害怕一旦证明莎士比亚不是署名为"莎士比亚"的著作的作者,莎士比亚的著作便失去了价值,这完全是杞人忧天。道理很简单,人们即使证明了《红楼梦》的作者不是曹雪芹,或《三国演义》的作者不是罗贯中,也丝毫不影响这些作品的伟大价值。同理,人们即使证明了《莎士比亚全集》不是莎士比亚一个人创作的,也丝毫不会影响《莎士比亚全集》是世界文学中的伟大作品这个事实,反倒会更有力地证明这个事实,因为集体的智慧远胜于个人。

皇家版《莎士比亚全集》译本翻译总思路

横亘于前的这套新译本,是依据当今莎学界最负声望的皇家版《莎士比亚全集》进行翻译的,而皇家版又正是以本·琼森题过诗的1623年版《莎士比亚全集》为主要依据。

这套译本是在考察了中国现有的各种译本后,根据新的历史条件和新的翻译目的打造出来的。其总的翻译思路是本套译本主编会同外语教学与研究出版社的相关领导和责任编辑讨论的结果。总起来说,皇家版《莎士比亚全集》译本在翻译思路上主要遵循了以下几条：

1. 版本依据。如上所述，本版汉译本译文以英国皇家版《莎士比亚全集》为基本依据。但在翻译过程中，译者亦酌情参阅了其他版本，以增进对原作的理解。

2. 翻译内容包括：内页所含全部文字。例如作品介绍与评论、正文、注释等。

3. 注释处理问题。对于注释的处理：1）翻译时，如果正文译文已经将英文版某注释的基本含义较准确地表达出来了，则该注释即可取消；2）如果正文译文只是部分地将英文版对应注释的基本含义表达出来，则该注释可以视情况部分或全部保留；3）如果注释本身存疑，可以在保留原注的情况下，加入译者的新注。但是所加内容务必有理有据。

4. 翻译风格问题。对于风格的处理：1）在整体风格上，译文应该尽量逼肖原作整体风格，包括以诗体译诗体，以散体译散体；2）在具体的文字传输处理上，通常应该注重汉译本身的文字魅力，增强汉译本的可读性。不宜太白话，不宜太文言；文白用语，宜尽量自然得体。句子不要太绕，注意汉语自身表达的句法结构，尤其是其逻辑表达方式。意义的异化性不等于文字形式本身的异化性，因此要注意用汉语的归化性来传输、保留原作含义的异化性。朱生豪先生的译本语言流畅、可读性强，但可惜不是诗体，有违原作形式。当下译本是要在承传朱先生译本优点的基础上，根据新时代的读者审美趣味，取得新的进展。梁实秋先生等的译本，在达意的准确性上，比朱译有所进步，也是我们应该吸纳的优点。但是梁译文采不足，则须注意避其短。方平先生等的译本，也把莎士比亚翻译往前推进了一步，在进行大规模诗体翻译方面作出了宝贵的尝试，但是离真正的诗体尚有距离。此外，前此的所有译本对于莎士比亚原作的色情类用语都有程度不同的忽略，本套皇家版译本则尽力在此方面还原莎士比亚的本真状态（论述见后文）。其他还有一些译本，亦都应该受到我们的关注，处理原则类推。每种译本都有自己独特的东西。我们希望美的译文是这套译本的突出特点。

5. 借鉴他种汉译本问题。凡是我们曾经参考过的较好的译本，都在适当的地方加以注明，承认前辈译者的功绩。借鉴利用是完全必要的，但是要正大光明，避免暗中抄袭。

6. 具体翻译策略问题特别关键，下文将其单列进行陈述。

莎士比亚作品翻译领域大转折：真正的诗体译本

莎士比亚首先是一个诗人。莎士比亚的作品基本上都以诗体写成。因此，要想尽可能还原本真的莎士比亚，就必须将莎士比亚作品翻译成为诗体而不是散文，这在莎学界已经成为共识。但是紧接而来的问题是：什么叫诗体？或需要什么样的诗体？

按照我们的想法：1）所谓诗体，首先是措辞上的诗味必须尽可能浓郁；2）节奏上的诗味（包括分行）等要予以高度重视；3）结合中国人的审美习惯，剧文可以押韵，也可以不押韵。但不押韵的剧文首先要满足前两个要求。

本全集翻译原计划由笔者一个人来完成。但是，莎士比亚的创作具有惊人的多样性，其作品来源也明显具有莎士比亚时代若干其他作家与作品的痕迹，因此，完全由某一个译者翻译成一种风格，也许难免偏颇，难以和莎士比亚风格的多样性相呼应。所以，集众人的力量来完成大业，应该更加合理，更加具有可操作性。

具体说来，新时代提出了什么要求？简而言之，就是用真正的诗体翻译莎士比亚的诗体剧文。这个任务，是朱生豪先生无法完成的。朱先生说过，他在翻译莎士比亚作品时，"当然预备全部用散文译出，否则将要了我的命"。[1] 显然，朱先生也考虑过用诗体来翻译莎士比亚著作的问题，但是他的结论是：第一，靠单独一个人用诗体翻译《莎士比亚全集》是办不到的，会因此累死；第二，他用散文翻译也是不得已的办法，因为只有这样他才有可能在有生之年完成《莎士比亚全集》的翻译工作。

将《莎士比亚全集》翻译成诗体比翻译成散文体要难得多。难到什么程度呢？和朱生豪先生的翻译进度比较一下就知道了。朱先生翻译得最快的时候，一天可以翻译一万字。[2] 为什么会这么快？朱先生才华过人，这当然是一个因素，但关键因素是：他是用散文翻译的。用真正的诗体就不一样了。以笔者自己的体验，今日照样用散文翻译莎士比亚剧本，最快时也可达到每日一万字。这是因为今日的译者有比以前更完备的注释本和众多的前辈汉译本作参考，至少在理解原著时，要比朱先生当年省力得多，所以翻译速度上最高达到一万字是不难的。但是翻译成诗体就是另外一回事了。这比自己写诗还要难得多。写诗是自己随意发挥，译诗则必须按照别人的意思发挥，等于是戴着镣铐跳舞。笔者自己写诗，诗兴浓时，一天数百行都可以写得出来，但是翻译诗，一天只能是几十行，统计成字数，往往还不到一千字，最多只是朱生豪先生散文翻译速度的十分之一。梁实秋先生翻译《莎士比亚全集》用的也是散文，但是也花了 37 年，如果要翻译成真正的诗体，那么至少得 370 年！由此可见，真正的诗体《莎士比亚全集》汉译本的诞生，有多么艰难。此次笔者约稿的各位译者，都是用诗体翻译，并且都表示花费了大量的时间，

---

1 见朱生豪大约在 1936 年夏致宋清如信："今天下午，我试译了两页莎士比亚，还算顺利，不过恐怕终于不过是 Poor Stuff 而已。当然预备全部用散文译出，否则将要了我的命。"(《伉俪：朱生豪宋清如诗文选》下卷，中国青年出版社，2013 年，第 94 页)

2 朱生豪："今天因为提起了精神，却很兴奋，晚上译了六千字，今天一共译一万字。"(同上，第 101 页)

皇家版《莎士比亚全集》译本凝聚了诸位译者的多少努力，也就不言而喻了。

翻译诗体分辨：不是分了行就是真正的诗

主张将莎士比亚剧作翻译成诗体成了共识，但是什么才是诗体，却缺乏共识。在白话诗盛行的时代，许多人只是简单地认定分了行的文字就是诗这个概念。分行只是一个初级的现代诗要求，甚至不必是必然要求，因为有些称为诗的文字甚至连分行形式都没有。不过，在莎士比亚作品的翻译上，要让译文具有诗体的特征，首先是必定要分行的，因为莎士比亚原作本身就有严格的分行形式。这个不用多说。但是译文按莎士比亚的方式分了行，只是达到了一个初级的低标准。莎士比亚的剧文读起来像不像诗，还大有讲究。

卞之琳先生对此是颇有体会的。他的译本是分行式诗体，但是他自己也并不认为他译出的莎士比亚剧本就是真正的诗体译本。他说：读者阅读他的译本时，"如果……不感到是诗体，不妨就当散文读，就用散文标准来衡量"。[1]这是一个诚实的译者说出的诚实话。不过，卞先生很谦虚，他有许多剧文其实读起来还是称得上诗体的。原因是什么？原因是他注意到了笔者上文提到的两点：第一，诗的措辞；第二，诗的节奏。只不过他迫于某些客观原因，并没有自始至终侧重这方面的追求而已。

显然，一些译本翻译了莎士比亚的剧文，在行数上靠近莎士比亚原作，措辞也还流畅。这些是不是就是理想的诗体莎士比亚译本呢？笔者认为，这还不够。什么是诗，对于中国人来说有几千年的历史，我们不

---

1 卞之琳:《莎士比亚悲剧四种》，方志出版社，2007 年，第 4 页。

能脱离这个悠久的传统来讨论这个问题。为此，我们不得不重新提到一些基本概念：什么是诗？什么是诗歌翻译？

诗歌是语言艺术，诗歌翻译也就必须是语言艺术

讨论诗歌翻译必须从讨论诗歌开始。

诗主情。诗言志。诚然。但诗歌首先应该是一种精妙的语言艺术。同理，诗歌的翻译也就不得不首先表现为同类精妙的语言艺术。若译者的语言平庸而无光彩，与原作的语言艺术程度差距太远，那就最多只是原诗含义的注释性文字，算不得真正的诗歌翻译。

那么，何谓诗歌的语言艺术？

无他，修辞造句、音韵格律一整套规矩而已。无规矩不成方圆，无限制难成大师。奥运会上所有的技能比赛，无不按照特定的规矩来显示参赛者高妙的技能。德国诗人歌德（Johann Wolfgang von Goethe）《自然和艺术》（"Natur und Kunst"）一诗最末两行亦彰扬此理：

非限制难见作手，

唯规矩予人自由。[1]

艺术家的"自由"，得心应手之谓也。诗歌既为语言艺术，自然就有一整套相应的语言艺术规则。诗人应用这套规则时，一旦达到得心应手的程度，那就是达到了真正成熟的境界。当然，规矩并非一点都不可打破，但只有能够将规矩使用到随心所欲而不逾矩的程度的人，才真正有资格去创立新规矩，丰富旧规矩。创新是在承传旧规则长处的基础上来进行的，而不是完全推翻旧规则，肆意妄为。事实证明，在语言艺术上

1　In der Beschränkung zeigt sich erst der Meister, / Und das Gesetz nur kann uns Freiheit geben. 参见 http://www.business-it.nl/files/7d413a5dca62fc735a072b16fbf050b1-27.php.

凡无视积淀千年的诗歌语言规则，随心所欲地巧立名目、乱行胡来者，
永不可能在诗歌语言艺术上取得大的成就，所以歌德认为：

若徒有放任习性，

则永难至境遨游。[1]

诗歌语言艺术如此需要规则，如此不可放任不羁，诗歌的翻译自然
也同样需要相类似的要求。这个要求就是笔者前面提出的主张：若原诗
是精妙的语言艺术，则理论上说来，译诗也应是同类精妙的语言艺术。

但是，"同类"绝非"同样"。因为，由于原作和译作使用的语言载
体不一样，其各自产生的语言艺术规则和效果也就各有各的特点，大多
不可同样复制、照搬。所以译作的最高目标，是尽可能在译入语的语言
艺术领域达到程度大致相近的语言艺术效果。这种大致相近的艺术效果
程度可叫作"最佳近似度"。它实际上也就是一种翻译标准，只不过针
对不同的文类，最佳近似度究竟在哪些因素方面可最佳程度地（并不一
定是最大程度地）取得近似效果，不是一成不变的，而是具有高度的灵
活性。不同的文类，甚至针对不同的受众，我们都可以设定不同的最佳
近似度。这点在拙著《中西诗比较鉴赏与翻译理论》（清华大学出版社，
2010 年）的相关章节中有详细的厘定，此不赘。

话与诗的关系：话不是诗

古人的口语本来就是白话，与现在的人说的口语是白话一个道理。

---

1 Vergebens werden ungebundene Geister / Nach der Vollendung reiner Höhe streben.
参 见 http://www.cosmiq.de/qa/show/3454062/Vergebens-werden-ungebundne-Geister-
Nach-der-Vollendung-reiner-Hoehe-streben-Was-ist-die-Bedeutung-dieser-2-Verse-Ich-komm-
nicht-drauf/t.

正因为白话太俗，不够文雅，古人慢慢将白话进行改进，使它更加规范、更加准确，并且用语更加丰富多彩，于是文言产生。在文言的基础上，还有更文的文字现象，那就是诗歌，于是诗歌产生。所以就诗歌而言，文言味实际上就是一种特殊的诗味。文言有浅近的文言，也有佶屈聱牙的文言。中国传统诗歌绝大多数是浅近的文言，但绝非口语、白话。诗中有话的因素，自不待言，但话的因素往往正是诗试图抑制的成分。

文言和诗歌的产生是低俗的口语进化到高雅、准确层次的标志。文言和诗歌的进一步发展使得语言的艺术性愈益增强。最终，文言和诗歌完成了艺术性语言的结晶化定型。这标志着古代文学和文学语言的伟大进步。《诗经》、楚辞、唐诗、宋词、元明戏曲，以及从先秦、汉、唐、宋、元至明清的散文等，都是中国语言艺术逐步登峰造极的明证。

人们往往忘记：话不是诗，诗是话的升华。话据说至少有**几十万年**的历史，而诗却只有**几千年**的历史。白话通过漫长的岁月才升华成了诗。因此，从理论上说，白话诗不是最好的诗，而只是低层次的、初级的诗。当一行文字写得不像是话时，它也许更像诗。"太阳落下山去了"是话，硬说它是诗，也只是平庸的诗，人人可为。而同样含义的"白日依山尽"不像是话，却是真正的诗，非一般人可为，只有诗人才写得出。它的语言表达方式与一般人的通用白话脱离开来了，实现了与通用语的偏离（deviation from the norm）。这里的通用语指人们天天使用的白话。试想把唐诗宋词译成白话，还有多少诗味剩下来？

谢谢古代先辈们一代又一代、不屈不挠的努力，话终于进化成了诗。

但是，20世纪初一些激进的中国学者鼓荡起一场声势浩大的白话文运动。

客观说来，用白话文来书写、阅读自然科学和人文科学文献，例如哲学、政治学、伦理学、经济学等等文献，这都是**伟大的进步**。这个进步甚至可以上溯到八百多年前朱熹等大学者用白话体文章传输理学思想。对此笔者非常拥护,非常赞成。

但是约一百年前的白话诗运动却未免走向了极端,事实上是一种语言艺术方面的倒退行为。已经高度进化的诗词曲形式被强行要求返祖回归到三千多年前的类似白话的状态,已经高度语言艺术化了的诗被强行要求退化成话。艺术性相对较低的白话反倒成了正统,艺术性较高的诗反倒成了异端。其实,容许口语类白话诗和文言类诗并存,这才是正确的选择。但一些激进学者故意拔高白话地位,在诗歌创作领域搞成白话至上主义,这就走上了极端主义道路。

这个运动影响到诗歌翻译的结果是什么呢?结果是西方所有的大诗人,不论是古代的还是近代的,如荷马(Homer)、但丁(Dante)、莎士比亚、歌德、雨果(Victor Hugo)、普希金(Alexander Pushkin)……都莫名其妙地似乎用同一支笔写出了 20 世纪初才出现的味道几乎相同的白话文汉诗!

将产生这种极端性结果的原因再回推,我们会清楚地明白,当年的某些学者把文学艺术简单雷同于人文社会科学,误解了文学艺术,尤其是诗歌艺术的特殊性质,误以为诗就是话,混淆了诗与话的形式因素。

针对莎士比亚戏剧诗的翻译对策

由上可知,莎士比亚的剧文既然大多是格律诗,无论有韵无韵,它们都是诗,都有格律性。因此在汉译中,我们就有必要显示出它具有格律性,而这种格律性就是诗性。

问题在于,格律性是附着在语言形式上的;语言改变了,附着其上的格律性也就大多会消失。换句话说,格律大多不可复制或模仿,这就正如用钢琴弹不出二胡的效果，用古筝奏不出黑管的效果一样。但是，原作的内在旋律是可以模仿的，只是音色变了。原作的诗性是可以换个形式营造的，这就是利用汉语本身的语言特点营造出大略类似的语言艺术审美效果。

由于换了另外一种语言媒介，原作的语音美设计大多已经不能照搬、复制，甚至模拟了，那么我们就只好断然舍弃掉原作的许多语音美设计，而代之以译入语自身的语言艺术结构产生的语音美艺术设计。当然，原作的某些语音美设计还是可以尝试模拟保留的，但在通常的情况下，大多数的语音美已经不可能传输或复制了。

利用汉语本身的语音审美特点来营造莎士比亚诗歌的汉译语音审美效果，是莎士比亚作品翻译的一个有效途径。机械照搬原作的语音审美模式多半会失败，并且在大多数的场合下也没有必要。

具体说来，这就涉及翻译莎士比亚戏剧作品时该如何处理：1）节奏；2）韵律；3）措辞。笔者主张，在这三个方面，我们都可以适当借鉴利用中国古代词曲体的某些因素。戏剧剧文中的诗行一般都不宜多用单调的律诗和绝句体式。元明戏剧为什么没有采用前此盛行的五言或七言诗行而采用了长短错杂、众体皆备的词曲体？这是一种艺术形式发展的必然。元明曲体由于要更好更灵活地满足抒情、叙事、论理等诸多需要，故借用发展了词的形式，但不是纯粹的词，而是融入了民间语汇。词这种形式涵盖了一言、二言、三言、四言、五言、六言、七言、八言……乃至十多言的长短句式，因此利于表达变化莫测的情、事、理。从这个意义上看，莎士比亚剧文语言单位的参差不齐状态与中文词曲体句式的参差不齐状态正好有某种相互呼应的效果。

也许有人说，莎士比亚的剧文虽然是格律诗，但并不怎么押韵，因此汉诗翻译也就不必押韵。这个说法也有一定道理，但是道理并不充实。

首先，我们应该明白，既然莎士比亚的剧文是诗体，人们读到现今的散体译文或不押韵的分行译文却难以感受到其应有的诗歌风味，原因即在于其音乐性太弱。如果人们能够照搬莎士比亚素体诗所惯常用的音步效果及由此引起的措辞特点，当然更好。但事实上，原作的节奏效果是印欧语系语言本身的效果，换了一种语言，其效果就大多不能搬用了，所以我们只好利用汉语本身的优势来创造新的音乐美。这种音乐美很难说是原作的音乐美，但是它毕竟能够满足一点：即诗体剧文应该具有诗歌应有的音乐美这个起码要求。而汉译的押韵可以强化这种音乐美。

其次，莎士比亚的剧文不押韵是由诸多因素造成的。第一，属于印欧语系语言的英语在押韵方面存在先天的多音节不规则形式缺陷，导致押韵词汇范围相对较窄。所以对于英国诗人来说，很苦于押韵难工；莎士比亚的许多押韵体诗，例如十四行诗，在押韵方面都不很工整。其次，莎士比亚的剧文虽不押韵，却在节奏方面十分考究，这就弥补了音韵方面的不足。第三，莎士比亚的剧文几乎绝大多数是诗行，对于剧作者来说，每部长达两三千行的诗行行都要押韵，这是一个极大的挑战，很难完成。而一旦改用素体，剧作者便会轻松得多。但是，以上几点对于汉语译本则不是一个问题。汉语的词汇及语音构成方式决定了它天生就是一种有利于押韵的艺术性语言。汉语存在大量同韵字，押韵是一件很容易的事情。汉语的语音音调变化也比莎士比亚使用的英语的音调变化空间大一倍以上。汉语音调至少有四种（加上轻重变化可达六至八种），而英语的音调主要局限于轻重语调两种，所以存在于印欧语系文字诗歌中的频频押韵有时会产生的单调感，在汉语中会在很大程度上由于语调的多变而得到缓解。故汉语戏剧剧文在押韵方面有很大的潜在优势空间，实际上元明戏剧剧文频频押韵就是证明。

第三，莎士比亚的剧文虽然很多不押韵，但却具极强的节奏感。他惯用的格律多半是抑扬格五音步（iambic pentameter）诗行。如果我们在节奏方面难以传达原作的音美，或者可以通过韵律的音美来弥补节奏美的丧失，这种翻译对策谓之堤内损失堤外补，亦谓失之东隅，收之桑榆。我们的语言在某方面有缺陷，可以通过另一方面的优点来弥补。当然，笔者主张在一定程度上借鉴利用传统词曲的风味，却并不主张使用宋词、元曲式的严谨格律，而只是追求一种过分散文化和过分格律化之间的妥协状态。有韵但是不严格，要适当注意平仄，但不过多追求平仄效果及诗行的整齐与否；不必有太固定的建行形式，只是根据诗歌本身的内容和情绪赋予适当的节奏与韵式。在措辞上则保持与白话有一段距离，但是绝非佶屈聱牙的文言，而是趋近典雅、但普通读者也能读懂的语言。

最后，根据翻译标准多元互补论原理，由于莎士比亚作品在内容、形式及审美效应方面具有多样性，因此，只用一种类乎纯诗体译法来翻译所有的莎士比亚剧文，也是不完美的，因为单一的做法也许无形中堵塞了其他有益的审美趣味通道。因此，这套译本的译风虽然整体上强调诗化、诗味，但是在营造诗味的途径和程度上不是单一的。我们允许诗体译风的灵活性和创新性。多译者译法实际上也是在探索诗体译法的诸多可能性，这为我们将来进一步改进这套译本铺垫了一条较宽的道路。因此，译文从严格押韵、半押韵到不押韵的各个程度，译本都有涉猎。但是，无论是否押韵，其节奏和措辞应该总是富于诗意，这个要求则是统一的。这是我们对皇家版《莎士比亚全集》译本的语言和风格要求。不能说我们能完全达到这个目标，但我们是往这个方向努力的。正是这样的努力，使这套译本与前此译本有很大的差异，在一定的意义上来说，标志着中国莎士比亚著作翻译的一次大转折。

翻译突破：还原莎士比亚作品禁忌区域

另有一个课题是中国学者从前讨论得比较少的禁忌领域，即莎士比亚著作中的性描写现象。

许多西方学者认为，莎士比亚酷爱色情字眼，他的著作渗透着性描写、性暗示。只要有机会，他就总会在字里行间，用上与性相联系的双关语。西方人很早就搜罗莎士比亚著作的此类用语，编纂了莎士比亚淫秽用语词典。这类词典还不止一种。1995 年，我又看到弗朗基·鲁宾斯坦（Frankie Rubinstein）等编纂了《莎士比亚性双关语释义词典》（*A Dictionary of Shakespeare's Sexual Puns and Their Significance*），厚达 372 页。

赤裸裸的性描写或过多的淫秽用语在传统中国文学作品中是受到非议的，尽管有《金瓶梅》这样被判为淫秽作品的文学现象，但是中国传统的主流舆论还是抑制这类作品的。莎士比亚的作品固然不是通常意义上的淫秽作品，但是它的大量实际用语确实有很强的色情味。这个极鲜明的特点恰恰被前此的所有汉译本故意掩盖或在无意中抹杀掉。莎士比亚的所有汉译者，尤其是像朱生豪先生这样的译者，显然不愿意中国读者看到莎士比亚的文笔有非常泼辣的大量使用性相关脏话的特点。这个特点多半都被巧妙地漏译或改译。于是出现一种怪现象，莎士比亚著作中有些大段的篇章变成汉语后，尽管读起来是通顺的，读者对这些话语却往往感到莫名其妙。以《罗密欧与朱丽叶》第一幕第一场前面的 30 行台词为例，这是凯普莱特家两个仆人山普孙与葛莱古里之间的淫秽对话。但是，读者阅读过去的汉译本时，很难看到他们是在说淫秽的脏话，甚至会认为这些对话只是仆人之间的胡话，没有什么意义。

不过，前此的译本对这类用语和描写的态度也并不完全一样，而是依据年代距离在逐步改变。朱生豪先生的译本对这些东西删除改动得最多，梁实秋先生已经有所保留，但还是有节制。方平先生等的译本保留得更多一些，但仍然持有相当的保留态度。此外，从英语的不同版本看，有的版本注释得明白，有的版本故意模糊，有的版本注释者自己也没有弄懂这些双关语，那就更别说中国译者了。

在这一点上，我们目前使用的皇家版《莎士比亚全集》是做得最好的。

那么，我们该怎样来翻译莎士比亚的这种用语呢？是迫于传统中国道德取向的习惯巧妙地回避，还是尽可能忠实地传达莎士比亚的本真用意？我们认为，前此的译本依据各自所处时代的中国人道德价值的接受状态，采用了相应的翻译对策，出现了某种程度的曲译，这是可以理解的，是特定历史条件下的产物。但是，历史在前进，中国人的道德观已经有了很大的改变，尤其是在性禁忌领域。说实话，无论我们怎样真实地还原莎士比亚著作中的性双关描写，比起当代文学作品中有时无所忌讳的淫秽描写来，莎士比亚还真是有小巫见大巫的感觉。换句话说，目前中国人在这方面的外来道德价值接受状态，已经完全可以接受莎士比亚著作中的性双关用语了。因此，我们的做法是尽可能真实还原莎士比亚性相关用语的现象。在通常的情况下，如果直译不能实现这种现象的传输，我们就采用注释。可以说，在这方面，目前这个版本是所有莎士比亚汉译本中做得最超前的。

译法示例

莎士比亚作品的文字具有多种风格，早期的、中期的和晚期的语言风格有明显区别，悲剧、喜剧、历史剧、十四行诗的语言风格也有区别。甚至同样是悲剧或喜剧，莎士比亚的语言风格往往也会很不相同。比如同样是属于悲剧，《罗密欧与朱丽叶》剧文中就常常有押韵的段落，而大悲剧《李尔王》却很少押韵；同样是喜剧，《威尼斯商人》是格律素体诗，而《快乐的温莎巧妇》却大多是散文体。

　　与此现象相应，我们的翻译当然也就有多种风格。虽然不完全一一
对应，但我们有意避免将莎士比亚著作翻译成千篇一律的一种文体。从
这个意义上说，皇家版《莎士比亚全集》汉译本在某些方面采用了全新
的译法。这种全新译法不是孤立的一种译法，而是力求展示多种翻译风
格、多种审美尝试。多样化为我们将来精益求精提供了相对更多的选择。
如果现在固定为一种单一的风格，那么将来要想有新的突破，就困难了。
概括说来，我们的多种翻译风格主要包括：1) 有韵体诗词曲风味译法；
2) 有韵体现代文白融合译法；3) 无韵体白话诗译法。下面依次选出若
干相应风格的译例，供读者和有关方面品鉴。

一、有韵体诗词曲风味译法

　　有韵体诗词曲风味译法注意使用一些传统诗词曲中诗味比较浓郁
的词汇，同时注意遣词不偏僻，节奏比较明快，音韵也比较和谐。但
是，它们并不是严格意义上的传统诗词曲，只是带点诗词曲的风味而已。
例如：

女巫甲　　何时我等再相逢？
　　　　　　闪电雷鸣急雨中？

女巫乙　　待到硝烟烽火静，
　　　　　　沙场成败见雌雄。

女巫丙　　残阳犹挂在西空。　　　　　　　　（《麦克白》第一幕第一场）

小丑甲　　当时年少爱风流，
　　　　　　有滋有味有甜头；
　　　　　　行乐哪管韶华逝，
　　　　　　天下柔情最销愁。　　　　　　　　（《哈姆莱特》第五幕第一场）

朱丽叶 天未曙，罗郎，何苦别意匆忙？
鸟音啼，声声亮，惊骇罗郎心房。
休听作破晓云雀歌，只是夜莺唱，
石榴树间，夜夜有它设歌场。
信我，罗郎，端的只是夜莺轻唱。

罗密欧 不，是云雀报晓，不是莺歌，
看东方，无情朝阳，暗洒霞光，
流云万朵，镶嵌银带飘如浪。
星斗如烛，恰似残灯剩微芒，
欢乐白昼，悄然驻步雾嶂群岗。
奈何，我去也则生，留也必亡。

朱丽叶 听我言，天际微芒非破晓霞光，
只是金乌，吐射流星当空亮，
似明炬，今夜为郎，朗照边邦，
何愁它曼托瓦路，漫远悠长。
且稍待，正无须行色皇皇仓仓。

罗密欧 纵身陷人手，蒙斧钺加诛于刑场；
只要这勾留遂你愿，我欣然承当。
让我说，那天际灰朦，非黎明醒眼，
乃月神眉宇，幽幽映现，淡淡辉光；
那歌鸣亦非云雀之讴，哪怕它
嚣然振动于头上空冥，嘹亮高亢。
我巴不得栖身此地，永不他往。
来吧，死亡！倘朱丽叶愿遂此望。
如何，心肝？畅谈吧，趁夜色迷茫。

（《罗密欧与朱丽叶》第三幕第五场）

二、有韵体现代文白融合译法

有韵体现代文白融合译法的特点是：基本押韵，措辞上白话与文言尽量能够水乳交融；充分利用诗歌的现代节奏感，俾便能够念起来朗朗上口。例如：

哈姆莱特 死，还是生？这才是问题根本：

莫道是苦海无涯，但操戈奋进，

终赢得一片清平；或默对逆运，

忍受它箭石交攻，敢问，

两番选择，何为上乘？

死灭，睡也，倘借得长眠

可治心伤，愈千万肉身苦痛痕，

则岂非美境，人所追寻？死，睡也，

睡中或有梦魇生，唉，症结在此；

倘能撒手这碌碌凡尘，长入死梦，

又谁知梦境何形？念及此忧，

不由人踌躇难定：这满腹疑情

竟使人苟延年命，忍对苦难平生。

假如借短刀一柄，即可解脱身心，

谁甘愿受人世的鞭挞与讥评，

强权者的威压，傲慢者的骄横，

失恋的痛楚，法律的耽延，

官吏的暴虐，甚或默受小人

对贤德者肆意拳脚加身？

谁又愿肩负这如许重担，

流汗、呻吟，疲于奔命，

倘非对死后的处境心存疑云，

惧那未经发现的国土从古至今
无孤旅归来，意志的迷惘
使我辈宁愿忍受现世的忧闷，
而不敢飞身投向未知的苦境？
前瞻后顾使我们全成懦夫，
于是，本色天然的决断决行，
罩上了一层思想的惨淡余阴，
只可惜诸多待举的宏图大业，
竟因此如逝水忽然转向而行，
失掉行动的名分。　　　　　（《哈姆莱特》第三幕第一场）

麦克白　　若做了便是了，则快了便是好。
　　　　　若暗下毒手却能横超果报，
　　　　　割人首级却赢得绝世功高，
　　　　　则一击得手便大功告成，
　　　　　千了百了，那么此际此宵，
　　　　　身处时间之海的沙滩、岸畔，
　　　　　何管它来世风险逍遥。但这种事，
　　　　　现世永远有裁判的公道：
　　　　　教人杀戮之策者，必受杀戮之报；
　　　　　给别人下毒者，自有公平正义之手
　　　　　让下毒者自食盘中毒肴。　　（《麦克白》第一幕第七场）

损神，耗精，愧煞了浪子风流，
都只为纵欲眠花卧柳，
阴谋，好杀，赌假咒，坏事做到头；

心毒手狠，野蛮粗暴，背信弃义不知羞。

才尝得云雨乐，转眼意趣休。

舍命追求，一到手，没来由

便厌腻个透。呀恰，恰像是钓钩，

但吞香饵，管教你六神无主不自由。

求时疯狂，得时也疯狂，

曾有，现有，还想有，要玩总玩不够。

适才是甜头，转瞬成苦头。

求欢同枕前，梦破云雨后。

唉，普天下谁不知这般儿歹症候，

却避不得便往这通阴曹的天堂路儿上走！

(十四行诗第一百二十九首)

三、无韵体白话诗译法

无韵体白话诗译法的特点是：虽然不押韵，但是译文有很明显的和谐节奏，措辞畅达，有诗味，明显不是普通的口语。例如：

贡妮芮　父亲，我爱您非语言所能表达；

胜过自己的眼睛、天地、自由；

超乎世上的财富或珍宝；犹如

德貌双全、康强、荣誉的生命。

子女献爱，父亲见爱，至多如此；

这种爱使言语贫乏，谈吐空虚：

超过这一切的比拟——我爱您。(《李尔王》第一幕第一场)

李尔　　国王要跟康沃尔说话，慈爱的父亲

要跟他女儿说话，命令、等候他们服侍。

这话通禀他们了吗？我的气血都飙起来了！
火爆？火爆公爵？去告诉那烈性公爵——
不，还是别急：也许他是真不舒服。
人病了，常会疏忽健康时应尽的
责任。身子受折磨，
逼着头脑跟它受苦，
人就不由自主了。我要忍耐，
不再顺着我过度的轻率任性，
把难受病人偶然的发作，错认是
健康人的行为。我的王权废掉算了！
为什么要他坐在这里？这种行为
使我相信公爵夫妇不来见我
是伎俩。把我的仆人放出来。
去跟公爵夫妇讲，我要跟他们说话，
现在就要。叫他们出来听我说，
不然我要在他们房门前打起鼓来，
不让他们好睡。　　　　　　（《李尔王》第二幕第二场）

奥瑟罗　　诸位德高望重的大人，
我崇敬无比的主子，
我带走了这位元老的女儿，
这是真的；真的，我和她结了婚，说到底，
这就是我最大的罪状，再也没有什么罪名
可以加到我头上了。我虽然
说话粗鲁，不会花言巧语，
但是七年来我用尽了双臂之力，

直到九个月前，我一直
都在战场上拼死拼活，
所以对于这个世界，我只知道
冲锋向前，不敢退缩落后，
也不会用漂亮的字眼来掩饰
不漂亮的行为。不过，如果诸位愿意耐心听听，
我也可以把我没有化装掩盖的全部过程，
一五一十地摆到诸位面前，接受批判：
我绝没有用过什么迷魂汤药、魔法妖术，
还有什么歪门邪道——反正我得到他的女儿，
全用不着这一套。　　　　　　（《奥瑟罗》第一幕第三场）

目　录

《尤力乌斯·凯撒》导言

　　伊丽莎白女王（Queen Elizabeth）的国务大臣弗朗西斯·沃尔辛厄姆爵士（Sir Francis Walsingham）推重历史研究，着眼于其在当代的应用："在阅读历史的过程中，你必须主要留意过去国政是怎样施行的，同样，你必须将之应用于当今的国事，看其可怎样服务于我们的时代。"托马斯·诺思爵士（Sir Thomas North）就是以这种精神译出了普卢塔克（Plutarch）的《希腊罗马名人传》（*Lives of the Most Noble Grecians and Romanes*）的。此书所述导致尤力乌斯·凯撒、布鲁图和卡修斯、马克·安东尼和他所爱的克莉奥佩特拉（Cleopatra），以及盖乌斯·马基乌斯·科利奥兰纳斯（Caius Martius Coriolanus）之死的事件则是莎士比亚剧作的主要来源。1599年在环球剧场上演的《尤力乌斯·凯撒》就是莎士比亚紧跟普卢塔克，探索古罗马历史关键转折期的三部剧作中的第一部。

　　然而，不像普卢塔克那样，莎士比亚不是以政治家，而是以人民开场的。普通商贩正临时放假一天，庆祝凯撒凯旋。但是，凯撒的这次胜利并非对外族的征服，而是在内战中击败了另一位罗马将军庞培。此剧将以重起的内战收场。伊丽莎白王朝的政治文化饱经忧患的磨炼，一方面是在权力交替之际与不确定感共生的国内动乱，另一方面是个人权力的过度集中导致的潜在暴政。在开头的场景中，保民官——民意的官方代言人——担心军事寡头正日益受到过度的欢迎。他们要求去除元老院雕像上披挂的向凯撒表示敬意的装饰物。稍后，我们得知，他们由于如此作为而"被迫沉默"。这类细节为奥森·韦尔斯[1]于二十世纪三十年代排演的这部剧提供了支持，其中凯撒脚穿高筒靴，安东尼在凯撒葬礼上的演说被处理成仿佛出自纽伦堡集会[2]，轰动一时。

然而，我们应当小心，不可完全认可这样的读法。密谋者并非毫无利益偏向的理想主义者。其中最有谋虑的布鲁图一开始并未把担心集中于凯撒的野心上；这种预期是卡修斯通过狡黠的诡辩灌输给他的。布鲁图在独白中说："纵然他/迄今为止的行为尚不足为虑。"他说服自己加入密谋者，只是通过"推论"：凯撒称帝这件事可能是一枚蛇卵，孵化后，会导致国家被暴政吞噬。密谋本身最终导致了罗马城分裂，内战爆发，直到《安东尼与克莉奥佩特拉》（*Antony and Cleopatra*）终场才结束，从此屋大维变身奥古斯都（Augustus），开启了罗马历史的帝国阶段，这对于罗马是历史的讽刺，对于布鲁图是个人的悲剧。

一千多年间，罗马城一直是世界之都。罗马人统治着前所未见的广大帝国。甚至在其衰亡之后，罗马的名字还继续存活上千百年，从军事技术到政治体制，到道德伦理，再到诸如建筑和史诗的文化荣耀，为西方世界提供着人类生活各个方面的优秀典范。

莎士比亚的英格兰是已知世界西北边缘附近一个小而脆弱、暴发的国家。伊丽莎白女王即位时，这个国家正由于她父亲与后世的

1　奥森·韦尔斯（Orson Welles，1915—1985）：美国演员、编剧、导演。1937 年与约翰·豪斯曼（John Houseman，1902—1988）共同创建水星剧团，上演的第一部戏即《尤力乌斯·凯撒》，其中加入了对德、意法西斯政权的影射讽刺，大获成功。——译者附注

2　二十世纪三十年代，德国纳粹党徒在巴伐利亚州纽伦堡市多次举行集会，希特勒在会上发表煽动民族情绪的演讲，并检阅兵阵游行。——译者附注

罗马帝国——一统天下的罗马天主教会——决裂而处于迹近癫狂的自我分裂状态之中。但是在她统治期间，贵族、知识分子、水手、诗人和戏剧界人士共同营造出一个惊人大胆的新幻景：有朝一日，他们的小小岛国也许会成为第二个罗马。他们为未来设计好了建筑区域。海军力量战胜了西班牙的霸权，把处女女王的名声播种到遥远的海岸。政治家们改善了一套议会两院与王权之间彼此制衡的体系——基于罗马的元老院元老、保民官和执政官的模式，但配以更灵活的基于普通法"先例"而非固定法规的法律体系。教育家们为中产阶级开办文法学校，用拉丁语和脊梁坚强、上唇僵硬的罗马品格（术语名为斯多葛[1]）熏陶未来的国家和帝国行政人员。莎士比亚的演员们上演史诗大剧，叙述自己国家的和被奉为理想的罗马人的英雄历史。到了十八和十九世纪不列颠统治海洋的时候，莎士比亚的《尤力乌斯·凯撒》就成了教育和培养贵族、政治家和帝国公务员品格的中心材料。马克·安东尼左右民意的伟大演说——"朋友们，罗马人，同胞们，请听我说！"——在学校里被死记硬背，并被作为劝说性演讲的范例来分析（绝不是因为其否认自己力量的机智妙语——"我不是演说家"）。

　　1599 年，此剧写成并上演之日，正值激烈的政治论辩之时。第二支西班牙无敌舰队已于两年前被风暴摧毁，所以霸权竞争不再是当时最紧迫的议题了。现在的问题是，如何对付一个国家，其中显然暗藏着叛逆和恐怖分子，对新的世界秩序构成威胁。这个国家是爱尔兰。答案是谈判还是蛮力？

1　斯多葛（Stoicism）：源自希腊语，本义为画廊，古希腊思想家芝诺（Zeno，活跃于前 300）在雅典城中的讲学处，其信徒因而被称作斯多葛，相信坚忍难行，逆来顺受，忍受人生一切即幸福。——译者附注

占上风的观点也许可以说成是新保守主义立场。其大意如此：英格兰正站在通往强大的门槛上。顶撞了西班牙之后，它具有了成为近代世界最强大帝国的潜力。于是要转向古典保守主义动作：向过去看，以理解现在。历史上最强大的帝国是古罗马帝国。但罗马并非一日建成。只有通过建立强大的军队，开发前所未有的先进军事技术，它才获得了强权。最重要的是，它需要一位军事天才，一位能把整个欧洲大陆控制于掌中的战无不胜的将军。他的名字，当然，是尤力乌斯·凯撒。

这种立场的倡导者是埃塞克斯伯爵（Earl of Essex）。他赞助某些历史著述的写作和古典文献的翻译，它们支持他有关罗马人美德和勇气的理想。他向伊丽莎白女王自荐为近代的尤力乌斯·凯撒。1599 年 3 月，他率领一支强大的军队开赴爱尔兰。当年秋天，他悄悄溜回伦敦的女王宫廷，由于未能打败爱尔兰叛逆而颜面无光。优越的火力无法应付反叛者的游击战术。莎士比亚的剧本作于针对起义的第一次行动与失败的噩梦实现之间人心惶惶的这段时日。

埃塞克斯被自视为尤力乌斯·凯撒的想法冲昏了头脑。十八个月后，他的鲁比肯 [1] 时刻到来了，当时他"在各色贵族和绅士的帮助下"（莎士比亚的恩主南安普敦伯爵 [Earl of Southampton] 也在其中），冲着女王本人进军，妄想着伦敦人民会潮水般地涌上街头，向他献上王冠。受到报应，他被处斩了。

莎士比亚对历史材料有着与埃塞克斯截然不同的看法。他着迷于尤力乌斯·凯撒之遇刺及其后果，因为那是罗马历史发出有关政治的根本问题的时期：权威属于人民，还是属于统治者个人，抑或属于抽象的"国家"？最有效的政府形式是什么——王权，帝国，寡头，共和国？

1　鲁比肯河位于意大利北部。公元前 49 年尤力乌斯·凯撒渡过此河，发动内战。从此西方人以渡鲁比肯河喻无可挽回的重大决定时刻，类似我国成语"背水一战"。——译者附注

在剧本的开头，成立已久的罗马共和国及其制衡体系（元老院元老代表贵族，保民官代表平民）正面临危机。如果凯撒不被阻止，民主制度将被毁坏。但是，试图阻止他的人是出于对国家的责任还是个人的野心呢？一旦匕首刺入，会发生什么情况呢？混乱，内战，然后是此剧的后续《安东尼与克莉奥佩特拉》中发生的事件，其中在三巨头之间瓜分统治权的企图失败了，继之而起的是新的凯撒，屋大维——他后来被称为奥古斯都，帝国的创始人。

尽管莎士比亚是在自视为另一位奥古斯都的女王兼皇帝伊丽莎白统治下创作的，尽管他在写《尤力乌斯·凯撒》的同时把对埃塞克斯的爱尔兰远征的明显赞成写进了《亨利五世》（Henry V）的开场诗，他似乎对与凯撒之名相联系的帝国大业抱着真正的怀疑态度。同时，他由于"目睹"诗人钦纳因碰巧与密谋者之一同名而被私刑处死的场景而骇怕暴民统治的想法。

特别引人同情的人物是布鲁图，共和国价值的捍卫者，因为他在是否加入密谋这个问题上犹豫不决。卡修斯信奉伊壁鸠鲁[1]的哲学，相信诸神不干预人类事务：将发生的都会发生，所以无须在意征候预兆。这种哲学距马基雅弗利[2]的哲学只有一小步之遥——强权是正确的，不存在道德秩序之类的东西。与此相对照，布鲁图则被刻画成一位斯多葛，一种具有责任观念、培养精神勇气以抵御命运起伏的哲学的信徒。严谨的道德学家卡托宁可自杀也不屈服于凯撒的统治，布鲁图则遵循斯多葛哲学的说法，相信无论生活变得多么糟糕，都必须披上"忍耐"的铠甲忍受之。但是，到了穷途末路之时，卡修斯和布鲁图都未能坚持自己的立场：

1　伊壁鸠鲁（Epicurus，前341—前270）：古希腊哲学家。——译者附注

2　尼科洛·马基雅弗利（Niccolò Machiavelli，1469—1527）：意大利政治哲学家。——译者附注

卡修斯不得不接受预言的力量，布鲁图则以卡托的方式自杀。莎士比亚总是对言行如何不一、哲学立场如何在行动和环境的压力下崩溃感兴趣。

莎士比亚写作时，书桌上必定摊开着普卢塔克巨著的诺思英译本沉重的对开本。阅读其中的"马尔库斯·布鲁图传"，你会看到戏剧家的想象力所曾加工的素材。戏剧的荣耀在于，它能使内在的性格活起来。在第一幕中，我们看到的是一个外表平静的布鲁图，但是在第二幕开头，莎士比亚营造了夜晚的气氛，让布鲁图从床上起来，独自一人置身于环球剧场光秃秃的舞台上。然后，独白的艺术让我们得以进入那不安的头脑，权衡危险的巨大，分享关于阴谋的深思熟虑：

> 必须让他死才行；对我来说，
> 我不觉得踢开他有什么个人原因，
> 全是为公众。他也许会戴上王冠：
> 问题在于，这会使他本性有多大改变。

问题在此。安东·契诃夫（Anton Chekhov）也许是莎士比亚以来最伟大的戏剧家。他说，戏剧家的事不是提供答案，而是以正确的方式提出问题。《尤力乌斯·凯撒》并不就公众责任与个人意志的关系轻易给我们答案。莎士比亚满足于把问题戏剧化，而把其余留给观众。

钟声敲响，男人们身穿紧身衣而非长袍，巡夜人巡逻，以及提到手帕：这类有意的时代错乱暴露出莎士比亚是个"时装"戏剧家，在使过去对现在说话。政治权力集中于单一领导人应到什么程度？民主进程强大得足以抵抗潜在的暴君，抑或有时大街上的直接行动才是唯一可能的行动手段？我们能信任政治家是为人民而不是为私利服务的吗？发出着如此疑问，此剧在二十一世纪仍然充满活力和发人深省的力量。

参考资料

剧情：尤力乌斯·凯撒战胜庞培后返回罗马。罗马共和国准备给他增添新的荣誉，引起一些元老院元老的关心和忧虑，他们怕过多权力握于一人之手。卡尤斯·卡修斯策划一个刺杀凯撒的阴谋，寻求名望素著的马尔库斯·布鲁图的支持。布鲁图有所犹疑，但被说服，相信为了共和国的利益，凯撒之死是必要的。然而，他拒绝了卡修斯的提议，认为不应该也杀掉凯撒的密友马克·安东尼。布鲁图、卡修斯及其同伙于三月十五日在朱庇特神殿把凯撒刺死。在凯撒的葬礼上，布鲁图对人民讲话，成功地解释了密谋者的动机。然而，马克·安东尼接着发言，使暴民转而反对密谋者，密谋者遂被迫逃离罗马。马克·安东尼与凯撒的甥孙屋大维控制了罗马，率军追击密谋者。布鲁图与卡修斯在菲利皮兵败自杀，免遭生擒。

主要角色：（列有台词行数百分比／台词段数／上场次数）马尔库斯·布鲁图（28%/194/12），卡尤斯·卡修斯（20%/140/8），马克·安东尼（13%/51/8），尤力乌斯·凯撒（5%/42/4），卡斯卡（5%/39/4），波提娅（4%/16/2），屋大维·凯撒（2%/19/3），德裘斯·布鲁图（2%/12/3）。

语体风格：诗体约占95%，散体约占5%。

创作年代：1599年。1598年没有被米尔斯（Meres）提及。1599年9月瑞士游客托马斯·普拉特（Thomas Platter）在环球剧场观看演出。1599—1601年间被别的作家在多种剧作和诗作中提及。

取材来源：根据托马斯·诺思爵士所译普卢塔克的《希腊罗马名人传》（1579）中的尤力乌斯·凯撒和马尔库斯·布鲁图的传记，并简略参考西塞罗传。

文本：1623 年对开本是唯一早期印刷版本。印刷质量格外优良，也许是用剧场提词本或其誉抄本排印的。有些编校者发现，布鲁图两次被告知波提娅自杀消息这一事实有改动迹象，建议删除一次，但在剧场中，对他斯多葛式反应的这样的双重测试却十分有效。

乔纳森·贝特（Jonathan Bate）

尤力乌斯·凯撒

尤力乌斯·凯撒

卡尔普尼娅，凯撒之妻

马尔库斯·**布鲁图**，一度是凯撒的朋友，
　　后为反对他的密谋者

波提娅，布鲁图之妻

卡尤斯·**卡修斯**

卡斯卡

德裘斯·布鲁图

钦纳　　　　　　　　反对尤力乌斯·凯撒

梅特鲁斯·钦伯　　　的密谋者

特莱波纽斯

卡尤斯·**利伽瑞尤斯**

马克·**安东尼**

屋大维·凯撒　　　尤力乌斯·凯撒死

雷必达　　　　　后的罗马三巨头

预言者

阿尔特弥多鲁斯，修辞学教师

钦纳，诗人

另一诗人

西塞罗

普卜力乌斯　　元老

泼皮力乌斯

穆勒鲁斯
弗拉维尤斯 } 保民官

木匠

鞋匠

平民甲、乙、丙、丁、戊

卢丘斯，布鲁图的侍童

品达如斯，卡修斯的奴仆

卢齐琉斯
提提纽斯
梅撒拉
卡托
斯特拉托
克劳迪欧 } 布鲁图和卡修斯的支持者
瓦如斯
克利图斯
达达纽斯
沃伦纽斯

凯撒的仆人

安东尼的仆人

屋大维的仆人

信差

兵士甲、乙、丙，布鲁图和卡修斯
　军队的部属

兵士甲、乙，安东尼军队的部属

鬼魂，凯撒的鬼魂

其他平民、元老和兵士

第 一 幕

第一场 / 第一景

罗马—公共场所

弗拉维尤斯、穆勒鲁斯及若干平民上，过台面

弗拉维尤斯	去！回家，你们这班闲汉，快回家去！
	今天是假日吗？什么，你们岂不知，
	身为手艺人，你们不该在工作日
	不带行当家什[1]，到处闲逛吗？——
	说，你是干哪一行的？
木匠	我嘛，大人，是个木匠。
穆勒鲁斯	你的皮围裙和皮尺子[2]在哪儿？
	你穿上过节的衣裳干什么？——
	你，先生，你是干哪一行的？
鞋匠	说实话，大人，我不比做细活儿的手艺人，不过像您会说
	的，是个干粗活儿的[3]。
穆勒鲁斯	你到底是干哪一行的？直截回答我。
鞋匠	我干的这一行，大人，希望不是亏心事，说真的，大人，
	我是修理坏底子[4]的。
弗拉维尤斯	哪一行，小子？你这无赖小子，哪一行？

---

1 行当家什：指工作服、工具等。
2 皮尺子（rule）：又有礼貌、规矩之义。
3 原文 cobbler，既有鞋匠的意思，又有笨拙的修理工的意思。
4 底子（soles）：与 souls（灵魂）谐音双关。

鞋匠	别，我求求您，大人，别拿我撒气；可要是您撒了气，大人，我可以修理您。
穆勒鲁斯	你这话什么意思？修理我，你这没规矩的家伙？
鞋匠	对，大人，给您补破洞[1]。
弗拉维尤斯	你是个鞋匠，对吧？
鞋匠	不错，大人，我挣饭吃的全部家当是一把锥子[2]：我不掺和[3]生意人的事儿[4]，也不掺和娘儿们的事儿[5]；可说实在的，大人，我只不过是个修破鞋[6]的；鞋子快要坏了的时候，我给补[7]好。体面人都踩踏[8]着我的手艺[9]走路，就像他们总得穿牛皮[10]鞋一样。
弗拉维尤斯	那为什么今天不在你铺子里待着？ 为什么领着这班人在街上到处闲逛？
鞋匠	不瞒您说，大人，为的是磨磨他们的鞋底子，给我多揽点儿活儿。不过说真的，大人，我们放假是为了去看凯撒，欢庆他凯旋归来。
穆勒鲁斯	为什么欢庆？他带回什么战利品？ 哪国的质子[11]随他来到罗马，

1 补破洞（cobble）：又有衾的意思。

2 锥子：暗喻阳具。

3 掺和：又有性交的含义。

4 生意人的事儿：又有性交、卖淫的含义。

5 娘儿们的事儿：又有性交或阴道的含义。

6 鞋：又有阴道的含义。

7 补（recover）：可能有性交时以身体覆盖的含义。

8 踩踏：又有性交的含义。

9 手艺：可能有手淫的含义。

10 牛皮：俚语，又有阴道的含义。

11 质子：作为人质的战俘，一般为王公贵族，以便日后索取赎金。

披枷戴铐，给他的战车增光？
你们这班木头、石头，连木石都不如！
你们铁石心肠，冷酷的罗马人啊，
你们难道不认得庞培[1]？曾经有
多少次你们爬上墙头和城垛，
楼台和窗户，对，还有烟囱顶，
怀里抱着婴儿，整整一天
都坐在那里，耐心地等着要看
伟大的庞培穿过罗马的街道；
你们望见他的战车刚一出现，
难道不曾发出经久的欢呼；
你们阵阵叫喊的声音在台伯河[2]
弯弯曲曲的河道中回响激荡，
令河水在河岸之下瑟瑟抖颤？
现在你们又穿上最漂亮的衣裳？
现在你们又把这一天当节日？
现在你们又一路抛撒鲜花
欢迎战胜了庞培骨血[3]的凯撒啦？
滚吧！
你们快跑回家去，双膝跪地，
求诸神撤回对这种忘恩负义
必将降下的作为惩罚的灾祸吧。

弗拉维尤斯　　走吧，走吧，好同胞们，为这过失，

1　庞培：罗马将军，公元前 48 年在法萨卢斯之战中被凯撒击败，逃到埃及后被杀。
2　台伯河：流经罗马的一条河。
3　庞培骨血：指庞培的亲属，尤其是诸子，他们也为凯撒所败。

把你们这样的可怜人都集合起来；

领他们到台伯河边去，把你们的眼泪

洒入河道，直到最低处的水流

涨起，漫到河岸的最高之处。——　　　　　　　众平民下

瞧，他们的贱德性也不无触动；

他们心怀愧疚，不吭声走掉了。

你从那条路上卡皮托利诺山 [1] 去，

我从这边走。要是你看见凯撒的雕像

装饰有王权标志，就把它们扯掉。

穆勒鲁斯　　我们可以这样做吗？

你知道，今天可是牧神节 [2]。

弗拉维尤斯　这不要紧。别让一座雕像

挂有凯撒的战利品。我要到处走走，

把平民百姓从街上赶回家去；

你看到哪里人多，也要把他们驱散。

拔掉凯撒翅膀上这些渐丰的羽毛

会使他飞行在平常的高度；

否则他会翱翔在人们的眼界之上，

让我们都处于受奴役的恐惧之中。　　　　　　　同下

1　卡皮托利诺山：罗马七丘之一，丘顶建有朱庇特神殿，奉祀罗马主神朱庇特；在本剧中为元老院所在地。

2　牧神节：罗马节日，于 2 月 15 日以牧神洞为中心举行庆祝活动，纪念母狼在洞中哺育罗马城的创建者罗慕路斯与雷穆斯兄弟之故事。

第二场 / 景同前

凯撒、着赛跑装束[1]的安东尼、卡尔普尼娅、波提娅、德裘斯、西塞罗、布鲁图、卡修斯、卡斯卡、预言者上；穆勒鲁斯与弗拉维尤斯随后

凯撒	卡尔普尼娅！
卡斯卡	肃静，嚯！凯撒要讲话。
凯撒	卡尔普尼娅！
卡尔普尼娅	在，夫君。
凯撒	安东尼欧跑起来的时候， 你去站到跑道当中。安东尼欧！
安东尼	凯撒，主公。
凯撒	在你奔跑的时候，安东尼欧，别忘了 碰一下卡尔普尼娅；我们的长辈说， 不孕女在这神圣的赛跑中被碰着， 就会摆脱不育的天谴。
安东尼	我将谨记： 凯撒说"做这个"，事情就照办了。
凯撒	开始吧，别漏掉仪式的每个细节。（音乐起）
预言者	凯撒！
凯撒	哈？谁叫我？
卡斯卡	让各种声音都静下来；再次肃静！（音乐止）
凯撒	是谁在人群当中冲我叫喊？

---

1 赛跑装束：庆祝牧神节的青年只裹山羊皮，绕帕拉丁丘奔跑，沿途用山羊皮带抽打女人以促发生育力。

	我听见一个比音乐都尖厉的声音
	叫喊"凯撒！"请讲，凯撒侧耳恭听。
预言者	当心三月十五。
凯撒	那是什么人？
布鲁图	一个预言者让您当心三月十五。
凯撒	带他到我跟前，让我看看他的脸。
卡修斯	伙计，从人群里出来，面见凯撒。（预言者上前）
凯撒	你刚才对我说什么来着？再说一遍。
预言者	当心三月十五。
凯撒	他是个幻想家。咱们别理他。走吧。

仪仗号。众人下。布鲁图与卡修斯留场

卡修斯	你去不去看赛跑？
布鲁图	我不去。
卡修斯	我请你去。
布鲁图	我不爱热闹；我缺乏
	安东尼那样的活泼兴致。
	卡修斯，别让我扫了你的兴；
	我先告辞了。
卡修斯	布鲁图，我最近一直留意你；
	我从你的眼睛里看不出以往
	常有的那种温和友爱的神情。
	你让爱戴你的朋友觉得
	过于固执，而且过于生疏。
布鲁图	卡修斯，
	不要误会。假如遮掩了脸面，
	我也只是为了把脸上的愁容
	都转向自己。最近我忍受着

某种矛盾情绪的烦扰煎熬，
一些不足为外人道的想法，
也许，使我的行为受到了沾染；
但是别因此让好友感到忧虑——
你是其中之一，卡修斯——
也不要对我的疏忽过多猜想，
不过是可怜的布鲁图与自己战斗，
而忘了对他人表示亲善友爱。

卡修斯　那么，布鲁图，我大大误解了你的情绪，
如此一来我这心胸就埋没了
弥足珍贵、值得玩味的思想。
告诉我，高贵的布鲁图，你看得见自己的脸吗？

布鲁图　看不见，卡修斯；眼睛看不见自身，
除非借助某种外物的反映。

卡修斯　这就对了。
非常令人惋惜的是，布鲁图，
你没有这样一面镜子，来把你
深藏的贤德反映到你的眼睛里，
好让你看见自己的影子。我听说
在罗马，许多最有名望的人士——
不朽的凯撒除外——在谈论布鲁图；
他们在这个时代的枷锁下呻吟，
希望高贵的布鲁图睁大眼睛。

布鲁图　卡修斯，你要把我引入何等险境？
想让我在自身之中寻找
内心里并不存在的东西？

卡修斯　所以，高贵的布鲁图，请仔细听；

既然你知道，除非借助反映，
你无法看清自己，那么我，你的镜子，
将如实向你揭示你本人
还不了解你自己的那一部分。
不要对我起疑心，尊贵的布鲁图：
如果我是个公众的笑柄，或惯于
用庸俗的盟誓玷污我对每一位
新交友好的情谊；如果你知道
我对人献媚，使劲拥抱他们，
随后又诋毁他们；或者你知道
我在宴饮时对所有酒徒都示好，
那你就把我看做用心险恶吧。

喇叭奏花腔[1]和欢呼声

布鲁图　这欢呼声是什么意思？我真怕民众
　　　　　选择凯撒做国王。

卡修斯　是吗，你怕如此吗？
　　　　　那么我想，你是不愿意让它实现喽。

布鲁图　我不愿意，卡修斯，但我很爱戴他。
　　　　　可是你为什么留我在此这么久？
　　　　　请问你要对我有什么指教？
　　　　　假如说是对公众有益的事情，
　　　　　就把荣誉和死亡各放进一只眼；
　　　　　我会不偏不倚地看待两者。
　　　　　就请诸神庇佑我吧，好让我
　　　　　热爱荣名胜过惧怕死亡。

---

1 花腔：用喇叭伴奏有权势人物行进的花式曲调。

卡修斯　　　我深知你具有那种品德，布鲁图，
　　　　　　　一如我熟识你的外表相貌。
　　　　　　　不错，荣誉正是我谈论的话题：
　　　　　　　我不能够分辨你与其他人
　　　　　　　对此生的看法；但就我个人而言，
　　　　　　　我倒是宁可不活，也不愿活着
　　　　　　　对自己这样的家伙心存敬畏。
　　　　　　　像凯撒，我生来自由，你也一样；
　　　　　　　我们俩也都吃得饱，我们也都能
　　　　　　　像他一样忍受冬天的寒冷；
　　　　　　　有一回，在一个阴冷的大风天，
　　　　　　　翻腾的台伯河水拍打着河岸，
　　　　　　　凯撒对我说："卡修斯，你敢现在
　　　　　　　跟我一起跳进这愤怒的洪流，
　　　　　　　游到对岸去吗？"听了这话，
　　　　　　　我连衣服也没脱，就跳了进去，
　　　　　　　并叫他跟来；他真的跟着跳了。
　　　　　　　激流咆哮着；我们以强健的筋力
　　　　　　　劈波斩浪，以争强好胜之心
　　　　　　　竞相拨开巨澜，截断逆流；
　　　　　　　可我们尚未到达预定目标，
　　　　　　　凯撒喊叫："救我，卡修斯，我要沉了！"
　　　　　　　我——就像埃涅阿斯[1]，我们伟大的祖先，
　　　　　　　从特洛伊大火中把老安喀塞斯

1　埃涅阿斯：特洛伊王子，传说中罗马城的创建者。据维吉尔的《埃涅阿斯纪》叙述，在特洛
伊城破被焚时，埃涅阿斯背着年老的父亲安喀塞斯逃亡至意大利。

　　　　　　用肩扛出来那样——把力竭的凯撒

　　　　　　从台伯河的浪涛里扛了出来。这个人

　　　　　　现在成了神，而卡修斯不过是个

　　　　　　可怜虫，哪怕凯撒只是不经意地

　　　　　　冲他点个头，他就得低头哈腰。

　　　　　　他在西班牙的时候[1]曾经发高烧，

　　　　　　病情发作起来时，我亲眼注意到

　　　　　　他浑身战抖——真的，这尊神会发抖；

　　　　　　他那怯懦的嘴唇[2]褪去了颜色[3]，

　　　　　　那一瞥就使世界畏服的目光

　　　　　　失去了神采；我亲耳听见他呻吟；

　　　　　　唉，他那条舌头曾令罗马人

　　　　　　倾听，在本子上记录他的讲话，

　　　　　　当时却喊叫，"哎哟，给我点儿喝的，提提纽斯"，

　　　　　　就像生病的小姑娘。诸神啊，这真让我诧异：

　　　　　　气质如此软弱的一个人竟然

　　　　　　能够凌驾于这广大世界之上，

　　　　　　独享尊荣。

欢呼声。喇叭奏花腔

布鲁图　　　　又一阵群众的欢呼？

　　　　　　我确信这些欢呼喧闹是因为

　　　　　　凯撒又得了什么新的献礼。

1　公元前 61 年，凯撒任西班牙行省总督，一到任即发动对当地的卢西坦人和加拉埃西人的战
　　争。——译者附注

2　嘴唇（lips）：又有胆小的逃兵的意思。

3　颜色（colour）：又有军旗的意思。

卡修斯　　嗨，伙计，他就像巨大的神像 [1]
横跨这窄小的世界，我们小人物
在他的巨腿下走动，四处张望，
为我们自己寻找不光彩的坟墓。
人有时候是自己命运的主宰；
亲爱的布鲁图，我们位处人下，
错不在星命，而在我们自身。
布鲁图和凯撒："凯撒"这名字里有什么？
为什么这名字就该比你的响亮？
写在一起，你的名字同样漂亮；
叫起来，也同样顺口动听；
掂一掂，同样有分量；用来招魂，
"布鲁图"跟"凯撒"会同样快速招来鬼魂。
现在借一切诸神的名义请问，
我们这位凯撒以什么为食，
竟长得这么伟大 [2]？——时代啊，你蒙受了羞辱！——
罗马啊，你丧失了高贵血统的纯种！——
自从大洪水 [3] 以来，何曾有一个时代
不是因多人而是因一人而闻名？
迄今，谈论罗马的人们何曾说
它那宽阔的街道仅容得下一人？
现在罗马真不愧是罗马，路嘛 [4]，够大，

1　神像：希腊罗得岛太阳神巨像，据说横跨该岛港口的入口处。
2　伟大：语义双关，又有肥胖的含义。
3　大洪水：古希伯来和希腊神话中均有大洪水的传说。在希腊神话中，主神宙斯淹死了除丢卡
　　利翁及其妻皮拉之外的全人类。
4　路嘛：原文 room，与 Rome（罗马）谐音双关。

因为里面只有一个人。
哦！你我曾听我们的先辈讲，
从前有位布鲁图[1]本可以像国王那样
轻而易举在罗马坐朝廷，只要他
容忍那永恒的魔鬼。

布鲁图　你的确爱重我，对此我毫不怀疑；
你劝我做什么，我已猜到几分。
我如何看待这，看待这些时代，
以后我再细说。就目前来说，
作为好友我可以恳求你，我不会
进一步被鼓动。刚才你说过的话
我会认真考虑；你还有要说的
我会耐心倾听，会找个对咱俩
都合适的时间，商谈这种大事。
在此之前，高贵的朋友，请三思：
布鲁图宁可去当一介村夫，
也不愿在这个时代可能强加
给我们的这些苛刻条件下自命为
什么罗马之子。

卡修斯　我很高兴我软弱无力的言语
在布鲁图身上打出了这么点火花。

凯撒及其扈从上

布鲁图　比赛结束了；凯撒就要回来了。

卡修斯　他们经过时，去扯扯卡斯卡的衣袖，

1 卢基乌斯·尤尼乌斯·布鲁图（Lucius Junius Brutus）：罗马共和国第一任执政官。他于公元前六世纪驱逐了罗马的最后一位国王，创建了罗马共和国。

	他会用尖酸刻薄的口气，告诉你
	今天都发生了什么值得一提的事。
布鲁图	我会照做的。可是你瞧，卡修斯，
	凯撒的额头冒出熊熊怒火，
	其余众人就像挨了骂的跟班：
	卡尔普尼娅脸色苍白；西塞罗
	两只眼睛通红，喷射着怒火，
	就像我们见过的，他在元老院
	辩论中遭某些元老驳斥一般。
卡修斯	卡斯卡会告诉我们发生了什么事。
凯撒	安东尼欧！
安东尼	凯撒？
凯撒	让我周围都是些心宽体胖、
	油头粉面、睡觉安稳的人。
	那边的卡修斯形体消瘦，面有饥色，
	他心思用得太多了；这种人很危险。
安东尼	别怕他，凯撒，他并不危险，
	他是个高贵的罗马人，身心康健。
凯撒	但愿他吃得胖些！但我不怕他。
	可是假如我自己有什么可害怕的，
	我不知有什么人比那位瘦瘦的卡修斯
	更应该尽快躲避。他读了很多书。
	他是个敏锐的观察家。他能够看穿
	人们的行为动机。他不像你那样
	喜欢玩闹，安东尼；他不听音乐；
	他很少微笑；他微笑的样子就好像
	在嘲笑自己，轻蔑自己的心神

竟然会被什么事情惹得发笑。

像他这种人看见有人比自己

更强的时候，内心绝不会安宁，

正因为此，他们是非常危险的。

我是在告诉你什么是可怕的，而不是

我怕什么；因为我永远是凯撒。

到我右边来，我这只耳朵聋了，

告诉我你对他的真实看法。 仪仗号。凯撒及其扈从下

卡斯卡	你扯了我的披风，有话跟我说？
布鲁图	对，卡斯卡，告诉我们，今天发生了什么事，
	让凯撒脸色那么严峻。
卡斯卡	怎么，你跟他在一起的，难道不是吗？
布鲁图	那我就用不着问卡斯卡发生了什么事了。
卡斯卡	嗨，有人向他献王冠[1]来着；王冠献上去的时候，他就这么用手背把它推开；当时人们就欢呼起来。
布鲁图	第二次喧哗是为了什么？
卡斯卡	嗨，也是为了那事儿。
卡修斯	他们叫喊了三次；最后一次是为什么？
卡斯卡	嗨，还是为了那事儿。
布鲁图	难道王冠献给他了三次？
卡斯卡	嗨，可不是吗。他三次推开，一次比一次轻；每推开一次，我旁边那些老实人都要欢呼。
卡修斯	是谁向他献王冠的？
卡斯卡	嗨，安东尼呀。
布鲁图	给我们讲讲是怎么献的，尊贵的卡斯卡。

---

1 王冠：用月桂树枝叶编的花冠，象征王权。

卡斯卡	我要是讲得出是怎么献的，倒不如把我吊死：那简直愚蠢透顶，我并没有十分留意。我看见马克·安东尼献给他一顶王冠——不过那也不是什么王冠，那是这样一顶花冠——我跟你们讲过的，他把它推开了一次；但是我想，推开归推开，他心里还是乐意接受的。接着他再次把它献给他，他再次把它推开；但是我想，他非常不情愿把手指从那上面挪开。接着他又献了第三次，他又第三次把它推开；他每拒绝一次，那帮愚民就嗷嗷起哄，拍响皱裂的双手，抛起汗渍渍的帽子，发出那么一股子浓重的口臭，就因为凯撒拒绝了王冠；那气味差点儿把凯撒熏死，因为他晕了过去，倒在了地上；至于我嘛，我不敢大笑，因为害怕张开嘴，吸进污浊的空气。
卡修斯	请你慢点儿；什么，凯撒晕了过去？
卡斯卡	他倒在了市场上，口吐白沫，说不出话来。
布鲁图	这很有可能——他有跌跤的毛病。
卡修斯	不，凯撒没有这毛病；而你、我， 还有诚实的卡斯卡，我们才有跌跤的毛病。[1]
卡斯卡	我不懂你这话是什么意思，但我可以肯定凯撒跌倒了。如果那群衣衫褴褛的贱民不曾像他们惯常在戏院里对待戏子那样，依据他是否让他们高兴而冲他鼓掌，或嘘他，那我就是不诚实的人。
布鲁图	他苏醒过来之后说了些什么？
卡斯卡	妈呀，真的，在他倒下之前，眼看那帮愚民因为他拒绝了王冠而欢呼雀跃，他就扯开上衣，把喉咙送给他们去

1　跌跤的毛病（falling sickness）：癫痫病的俗称，卡修斯以此暗示自己的命运在衰落，而凯撒的在上升。

割。我要是个干粗活儿的人，如果我不想等一声令下就干掉他，我宁愿跟那帮贱民一起下地狱。结果他倒了。他醒过来的时候，说，如果他做错或说错了什么的话，他希望他们大家包涵，那是他有病在身的缘故。站在我旁边的三四个臭娘儿们喊道："唉，好人儿哟！"于是她们诚心诚意地原谅了他。但是没有谁注意她们；假如说凯撒捅[1]了她们老娘，她们照样也会那么做的。

布鲁图　　然后呢，他就那么伤心地走掉了？

卡斯卡　　对。

卡修斯　　西塞罗说什么了吗？

卡斯卡　　说了，他说的是希腊话。

卡修斯　　大概是什么意思？

卡斯卡　　别，我要告诉了你，我就没法儿再见你的面了。但那些听懂了的人冲着彼此微笑，摇头；可是，我自己呢，我对希腊话一窍不通。我还可以再告诉你们一点新闻。穆勒鲁斯和弗拉维尤斯因为扯下凯撒像上的装饰，被剥夺了发言权[2]。再见。如果我记得的话，还有更多蠢事儿呢。

卡修斯　　今晚跟我一起吃晚饭好吗，卡斯卡？

卡斯卡　　不啦，我有约在先了。

卡修斯　　明天跟我一起吃饭如何？

卡斯卡　　行，如果我还活着，你还没改辙，你的饭就值得一吃。

卡修斯　　好，我等你。

卡斯卡　　请便。回见啦，二位。　　　　　　　　　　　下

布鲁图　　这家伙变成了个多么鲁钝的人啊！

1　捅（stabbed）：又有奸的含义。

2　被剥夺了发言权：意指被撤职或被杀。

　　　　　　　　他上学的时候可是心思灵敏的呀。

卡修斯　　　他现在要是干起什么勇敢

　　　　　　　　或是高尚的事业来，也同样灵敏，

　　　　　　　　尽管他装出这副迟钝模样。

　　　　　　　　这种粗俗是他的机智的佐料，

　　　　　　　　可以给人提供更好的胃口

　　　　　　　　来消化他的言语。

布鲁图　　　的确如此。现在我得告辞了；

　　　　　　　　明天，如果你乐意跟我谈谈，

　　　　　　　　我到你府上去；或者，如果你愿意，

　　　　　　　　就请到我家里来，我会恭候你。

卡修斯　　　谨遵命。见面前，请考虑考虑时局。　　　　布鲁图下

　　　　　　　　好了，布鲁图，你出身高贵 [1]；不过

　　　　　　　　我看得出，你天赋的高尚气质是可以

　　　　　　　　被改造的；所以高尚的心灵应该

　　　　　　　　始终与同类为伍，这是对的；

　　　　　　　　因为谁又那么坚定，不受诱惑呢？

　　　　　　　　凯撒对我怀恨，但他爱重布鲁图。

　　　　　　　　假如我现在是布鲁图，他是卡修斯，

　　　　　　　　他就糊弄不了我。今夜我要

　　　　　　　　往他家窗户里扔几封笔迹不同、

　　　　　　　　好像出自不同市民之手的

　　　　　　　　匿名信，都写到罗马人对他的名望

　　　　　　　　抱有尊崇之意——其中还将

1　高贵：炼金术暗喻，贵金属（金银之类）不能被转化成贱物质，但尽管如此，卡修斯认为他
　　能够改变布鲁图。

隐隐约约提到凯撒的野心。

在此之后，就让凯撒坐稳喽，

我们要撼动他，否则日子更难堪。

下

第三场 / 景同前

雷鸣电闪。卡斯卡与西塞罗上

西塞罗 晚上好，卡斯卡。你把凯撒护送回家了？

你为什么上气不接下气，眼神直愣愣的？

卡斯卡 整个大地像一件不结实的东西

摇晃时，难道你不为所动？哦，西塞罗，

我看见过大风暴，当时咆哮的风

折断了多结的橡树；我还看见过

野心勃勃的海洋膨胀、怒吼、翻腾，

排空的巨浪与低垂的浓云相接；

可是直到今夜，直到此刻，

我才经历了一场天降大火的风暴。

要么是天界发生了一场内乱，

要么是世人对诸神太过侮慢，

激怒他们降下灭顶之灾。

西塞罗 怎么，你看见过什么更奇异的事？

卡斯卡 一个普通奴隶——你熟识他的面貌——

举起他左手，那手熊熊燃烧，

像二十支火把加起来；可是他的手，
对火没感觉，丝毫没有灼伤。
另外——到现在我还没收起我的剑——
在元老院对面，我遇见一头狮子，
它炯炯地盯着我，凶巴巴、恶狠狠走过去，
却没有伤害我。那儿还有上百个
脸色煞白的女人挤作一堆儿，
害怕得变了样，她们发誓说看见
男人们，浑身着火，在街上来回走。
还有昨天，有只夜鸮¹甚至
在正午时分蹲踞在市场之上，
唬唬号叫。诸如此类的怪事
这么巧凑在一起，人们可别说
"都自有原因，都是自然现象"；
我认为它们都是不祥之兆，
所指的那个地方有事要发生。

西塞罗 的确，这是个性情乖僻的时代；
但人们可以自己的方式诠释事物，
与事物本身的实情相去甚远。
明天凯撒要到元老院去吗？

卡斯卡 去。他亲口吩咐安东尼欧
捎口信给您，说他明天要去那儿。

西塞罗 那么晚安，卡斯卡。这种坏天气
不适合散步。

卡斯卡 再见，西塞罗。 西塞罗下

---

1 夜鸮：即猫头鹰，被认为是一种不祥之鸟，其叫声预示着死亡。

卡修斯上

卡修斯	是谁在那儿？
卡斯卡	一个罗马人。
卡修斯	听声音，是卡斯卡。
卡斯卡	你耳朵真灵。卡修斯，今夜多可怕呀！
卡修斯	对正直的人来说，是个很宜人的夜晚。
卡斯卡	谁曾见识过老天如此发威？
卡修斯	那些知道大地充斥着缺陷的人。

至于我嘛，我在街上到处走来着，
把自己整个交给这险恶的黑夜；
就这样敞开衣裳，卡斯卡，你瞧，
把我的胸膛袒露给雷霆霹雳；
当交叉的蓝色闪电仿佛撕开
上天的胸膛时，我甚至挺身把自己
暴露于那电光的打击范围之内。

卡斯卡　　可你为什么要如此逗惹老天？
最强大的诸神借着征兆降下
这样可怕的预示来吓唬我们时，
人的本分应该是恐惧和颤抖。

卡修斯　　你真憨，卡斯卡；一个罗马人应有的
那种生命火花，你确实缺乏，
或者说没有觉知。看见老天
异乎寻常的躁怒，你就脸发白、
眼发呆，陷入恐惧和惊异之中；
但如果你愿意思考真正的原因——
为什么有这些火，为什么有这些游魂野鬼，
为什么飞禽走兽一反常态，

为什么老叟、白痴和小儿能掐会算，

为什么这些事物违反常规、

天性和固有的机能，转向

妖异的品性——为什么，你就会发现

上天给它们注入了这些精魂，

把它们造就成恐怖的工具，

针对悖乱的世道发出警告。

现在，卡斯卡，我可以对你提起一个人，

他极像这可怕的夜晚，

打雷，闪电，劈开坟墓，

像元老院里那头狮子一般咆哮：

一个单打独斗并不比你我

更强的人，却已变得像这些

突现的异象一样凶险可怕。

卡斯卡	你意思是指凯撒，对吧，卡修斯？
卡修斯	不管他是谁吧；现今的罗马人
	有着像祖先一样的筋骨手脚，
	但可悲啊，我们父辈的心灵死了，
	统治我们的是我们母系的精神；
	忍受奴役说明我们像女人。
卡斯卡	一点儿不假。他们说诸位元老
	明天有意拥立凯撒为王；
	他将戴着王冠君临天下，
	威加海内，除了意大利这里。
卡修斯	那我就知道要在哪儿佩戴这匕首了；

卡修斯要把卡修斯从奴役中解脱[1]——
这样，诸神啊，你们使弱者变最强；
这样，诸神啊，你们把暴君打倒——
不论是石砌的碉楼、铜打的墙壁，
还是窒息的地牢、坚固的铁链，
全都不能遏制精神的力量；
而生命，厌倦了这些世俗的羁绊，
从来就不缺乏解脱自己的力量。
如果我知道这，就让全世界都知道，
我能够随时抖落我身上背负的
那一部分暴政的压迫。（雷声依旧）

卡斯卡　我也能。
　　　　同样，每个奴隶自己手里
　　　　也都掌握着破除囚禁的力量。

卡修斯　那么为什么凯撒要成为暴君？
　　　　可怜人，我知道他不会成为一只狼，
　　　　除非他看出罗马人不过是一群羊；
　　　　他不会做狮子，只要罗马人不做雌鹿[2]。
　　　　急于要燃起熊熊大火[3]的人
　　　　须从细弱的干草[4]点起。罗马是
　　　　何等断枝碎叶？废料木屑？
　　　　竟甘当低贱的燃料，去照耀凯撒

1　意谓要自杀。
2　雌鹿（hinds）：又有奴仆的含义。
3　喻博取功名。
4　细弱的干草：喻罗马人民。

这么个不值钱的东西！——可是，哎呀，
你把我引到哪儿了？我也许是在对
甘愿为奴者说这话；那我就知道
必因此而惹祸。但我武装好了，
危险对我来说算不了什么。

卡斯卡　你是在对卡斯卡说话，他绝不是个
可鄙的告密者。行了，握住我的手。
为匡正这所有弊病而结成同盟；
我要放开自己这脚步，紧跟
走在最前面的人。（两人握手）

卡修斯　一言为定。
现在你知道，卡斯卡，我已经说动
一些心灵极为高尚的罗马人
跟我一起去干一番结局
既十分光荣又充满危险的事业；
我知道，此刻他们正在庞培廊[1]
等我；此刻，在这可怕的夜里，
街道上毫无动静，无人走动；
天空的颜面上变幻着种种颜色
就好像我们正要着手的事业，
极度血红、火红，极度可怕。

钦纳上

卡斯卡　暂避一会儿，有人急匆匆过来了。

卡修斯　是钦纳，从走路的样子就知道是他。
他是朋友。——钦纳，这么急上哪儿去？

1　庞培廊：公元前 55 年庞培所建柱廊，为同时修建的庞培剧场的观众提供遮护。

钦纳	找你。那是谁？梅特鲁斯·钦伯吗？
卡修斯	不，是卡斯卡，协助我们举事的 盟友。你们在等我吗，钦纳？
钦纳	这么说来很好。今晚多可怕呀！ 我们当中有两三个人看见了异象。
卡修斯	你们在等我吗？告诉我。
钦纳	是的，在等你。 呵，卡修斯，要是你能够 争取高贵的布鲁图入伙就好了——
卡修斯	你放心吧。好钦纳，把这封信拿去，（递过信） 仔细把它放在大法官 [1] 的座位上， 布鲁图肯定会发现的地方；把这封 扔进他家窗户；用蜡把这封 粘在老布鲁图的雕像上。干完这些， 再回到庞培廊，你在那儿会找到我们。 德裘斯·布鲁图和特莱波纽斯在那儿吗？
钦纳	除了梅特鲁斯·钦伯，都在，他去 你家找你了。好了，我得赶紧了， 遵照你的吩咐把这些信发出去。
卡修斯	发完之后，再回到庞培剧场。—— 来吧，卡斯卡，天亮前，你我还要 到布鲁图家去见他。他有三分 已经属于我们了；下次会面时， 他整个人就会归顺我们了。
卡斯卡	啊，他在众人心目中地位崇高；

钦纳下

1　大法官：即布鲁图。

他若出面 [1]，就会像最高妙的炼金术，
把我们心中原本昭彰的罪恶
感觉点化成贵重的声价和美德。

卡修斯　　他和他的价值，及我们对他的急需，
你都心知肚明了。咱们走吧，
现在已是后半夜了；天亮之前，
我们要叫醒他，让他拿定主意。　　　　　　　同下

1　出面：具"支持"和"面容"双重含义。

第二幕

第一场 / 第二景

罗马，布鲁图家花园

布鲁图上，在自家花园

布鲁图　　　　（呼唤）嗨，卢丘斯，嗬？——

　　　　　　　　我不会凭借星辰的运行测算

　　　　　　　　离天亮还有多久。——卢丘斯，我说！——

　　　　　　　　睡得这么死，但愿我有这福气。

　　　　　　　　喂，卢丘斯，喂？醒醒，我说！嗨，卢丘斯！

卢丘斯上

卢丘斯　　　　您叫我，老爷？

布鲁图　　　　给我的书房拿一支蜡烛去，卢丘斯。

　　　　　　　　点着之后，再到这儿来叫我。

卢丘斯　　　　遵命，老爷。　　　　　　　　　　　　　　下

布鲁图　　　　必须让他[1]死才行；对我来说，

　　　　　　　　我不觉得踢开他有什么个人原因，

　　　　　　　　全是为公众。他也许会戴上王冠：

　　　　　　　　问题在于，这会使他本性有多大改变。

　　　　　　　　光天化日蝰蛇才外出活动，

　　　　　　　　走路要格外小心。给他加冕，

　　　　　　　　那我得承认，就给他安了根毒刺，

1　他：即凯撒。

他可以随心所欲用来危害人。
把悲悯之心与权力分离，就是
对伟大的滥用；论起凯撒，说真的，
我还不知道他的激情何曾
比理智要占上风。但普遍经验是，
谦卑是年轻野心的进身阶梯，
向上爬的人总把脸转向它求助；
可是一旦他达到最高一级，
那时他就把背朝向那阶梯，
仰望云天，蔑视上升时踩过的
低贱梯级。凯撒也可能这样；
那就防止，以免他可能。纵然他
迄今为止的行为尚不足为虑，
换言之：他的本性，一旦膨胀，
也可能趋向如此这般的极端；
因此，就把他看作一枚蛇卵，
孵化后，会像他同类一样有害，
不如把他杀死在卵壳里。

卢丘斯上

卢丘斯　　您的书房里点上了蜡烛，老爷。
　　　　　　我在窗台上摸火石的时候，发现了
　　　　　　这封信，这么封着的；我敢肯定，
　　　　　　我去睡觉的时候还不在那儿哩。（递过信）

布鲁图　　你再回去睡吧，天还没亮。
　　　　　　小伙子，明天是不是三月初一？

卢丘斯　　我不知道，老爷。

布鲁图　　去查看一下日历，给我回话。

卢丘斯	遵命，老爷。	下
布鲁图	天空中嗖嗖划过的流星发出	

许多光亮，我不妨借着来看信。

（拆信来读）

"布鲁图，你睡着了；醒来吧，看看你自己！
罗马将要，等等。发言吧，奋起吧，拨乱反正吧！"——
"布鲁图，你睡着了；醒来吧！"
这种煽动信常常丢在
我捡得到的地方。
"罗马将要，等等，"我必须如此加以填充：
罗马将要置身于一人的淫威下吗？什么罗马？
当年塔昆 [1] 称王的时候，我的先祖
曾经把他从罗马的街道上赶走。
"发言吧，奋起吧，拨乱反正吧！"是在吁求我
发言和奋起吗？啊，罗马，我向你保证，
如果说接下来将拨乱反正，你的诉求
会从布鲁图手中得到完全满足！

卢丘斯上

卢丘斯　　老爷，已经到三月十五号了。

幕内敲门声

布鲁图　　好。去大门口看看，有人敲门。——　　卢丘斯下
自从卡修斯初次鼓动我反凯撒以来，
我就睡不着觉。
在一件惊天动地大事的实施

1　塔昆（Tarquin）：全名塔昆尼乌斯·苏珀布斯（Tarquinius Superbus），罗马王国末代国王，被卢基乌斯·尤尼乌斯·布鲁图所废黜。

　　　　　　　　与最初动议之间，整个间歇
　　　　　　　　都像是幻景，或可怖的梦境。
　　　　　　　　这个时候神魂[1]与肉体的官能
　　　　　　　　正在激烈辩论；人的心境，
　　　　　　　　就像小小的王国，正在经受
　　　　　　　　一场叛乱的冲击。

卢丘斯上

卢丘斯　　　老爷，是您的姐夫[2]卡修斯在门口，
　　　　　　　他想见您。

布鲁图　　　他一个人吗？

卢丘斯　　　不，老爷，还有好些人跟着他。

布鲁图　　　你认识他们吗？

卢丘斯　　　不认识，老爷，他们把帽子拉下来
　　　　　　　遮着耳朵，半张脸埋在披风里，
　　　　　　　我根本没有法子从长相特征上
　　　　　　　认出他们是谁。

布鲁图　　　让他们进来。——　　　　　　　　　卢丘斯下
　　　　　　　他们就是那伙人。啊，阴谋，
　　　　　　　在邪恶最放肆的夜间，你难道还羞于
　　　　　　　展露你危险的眉头？啊，到白天，
　　　　　　　你在哪儿还找得到一处黑洞，足以
　　　　　　　掩饰你丑恶的面孔？别找了，阴谋！
　　　　　　　就把它藏在微笑与和善之中吧；
　　　　　　　假如你戴着本来面目向前走，

1　神魂（genius）：罗马人认为每个人都有一个护卫精灵，毕生都对其思想行为有影响。
2　卡修斯娶了布鲁图的姐姐为妻。

就算是阴间地府 [1] 也不够黑暗，

能把你遮掩，使你不受阻拦。

密谋者卡修斯、卡斯卡、德裘斯、钦纳、梅特鲁斯与特莱波纽斯上

卡修斯　　　我想，我们太冒昧，打扰你休息了。

早安，布鲁图，我们打扰你了吗？

布鲁图　　　我直到这会儿都没睡，整夜都醒着。

我认识跟你一起来的这些人吗？

卡修斯　　　你认识他们每个人；这儿无人

不尊敬你；人人都真心希望

你好生珍重你自己，不至于辜负

每个高贵的罗马人对你的厚望。

这位是特莱波纽斯。

布鲁图　　　欢迎光临。

卡修斯　　　这位，德裘斯·布鲁图。

布鲁图　　　同样欢迎光临。

卡修斯　　　这位，卡斯卡；这位，钦纳；还有这位，梅特鲁斯·钦伯。

布鲁图　　　欢迎大家光临。

什么烦心事儿让诸位

夜不能寐？

卡修斯　　　我能跟你说句话吗？（两人耳语）

德裘斯　　　这边是东方；天光不是从这边放亮的吗？

卡斯卡　　　不是。

钦纳　　　　哦，对不起，先生，是从这边；那些

给浓云镶边的灰白光线正是白昼的信使。

卡斯卡　　　你们得承认，你们两个都搞错了。

1　阴间地府（Erebus）：古希腊罗马神话中死者进入幽冥世界哈得斯之前必经的黑暗地界。

	从这边，我剑指的方向，太阳升起；
	从现在是一年当中的青春季节看，
	那是往南方伸展的一条大道。
	此后两个月左右，往北方较高处，
	太阳才初次显露火焰；而正东
	是元老院所在的方向，就在这边。
布鲁图	把你们的手都伸给我，一个一个来。（与卡修斯上前）
卡修斯	让我们来宣誓表决心吧。
布鲁图	不，别发誓！如果人们的愁容、
	我们灵魂的痛苦、时代的弊病——
	这些动机还不够强，就趁早罢手，
	大家从此各回各的空床。
	那就让高高在上的暴政继续横行，
	直到每个人碰巧遭殃。但如果这些——
	如我所确信——具有足够的火种，
	可以点燃懦夫，用勇气坚固
	女人易融化的精神，那么，同胞们，
	除了自己的理由，我们还需要什么鞭策
	来激励我们拨乱反正？除了严守秘密的
	罗马人，还有什么同盟不是发过誓
	又背信弃义的？除了名誉与名誉
	相互约定，还会有什么别的盟誓：
	要么成功，要么我们将为此而死？
	祭司和懦夫、畏首畏尾之人、
	老朽孱弱的行尸走肉、逆来顺受的
	痛苦灵魂才发誓；人们不信任的
	这些家伙为了干坏事而发誓；但不要

以为我们的事业或行动需要盟誓，
以免玷污我们的义举真正的美德，
以及我们的精神不可压制的气概；
因为，如果有谁背弃了哪怕
一丁点儿自己许下的任何诺言，
那么每一个罗马人身上拥有的——
高贵地拥有的——每一滴血液
就都背上了混杂不纯的罪名。

卡修斯　　不过西塞罗呢？我们要不要探探他的口风？
　　　　　我想他会非常坚决地站在我们这边。

卡斯卡　　咱们可别把他漏掉。

钦纳　　　对，千万别。

梅特鲁斯　哦，咱们要他吧，他那头银发
　　　　　会给我们赚得有利的舆论，
　　　　　会赢得众口赞许我们的行为。
　　　　　人们会说他的头脑支配我们的手；
　　　　　我们的年少轻狂不会显露分毫，
　　　　　而全然埋藏在他的老成持重之下。

布鲁图　　哦，别提他；不要向他泄密，
　　　　　因为他决不会跟着干任何
　　　　　别人发起的事情。

卡修斯　　那就把他排除在外。

卡斯卡　　的确，他不适合。

德裘斯　　除了凯撒，别的人都不碰吗？

卡修斯　　德裘斯，问得好。——我认为，凯撒死后，
　　　　　让他亲信的马克·安东尼活下去，
　　　　　是不合适的。我们会发现他是个

狡猾的阴谋家；你们知道，如果他

耍弄起伎俩的话，我们大家

就都难免遭殃；要防患于未然，

就让安东尼和凯撒一起完蛋。

布鲁图　　卡尤斯·卡修斯，砍掉脑袋又卸四肢——

好像怒而杀人，过后仍怀恨不已——

我们的行动就显得太血腥了；

安东尼不过是凯撒的一条臂膀。

咱们做献祭者，不要做屠夫，卡尤斯。

我们都站起来反对凯撒的精神，

而在人的精神里是没有血液的；

啊，但愿我们能获得凯撒的精神，

而不必肢解凯撒！但是，呜呼，

凯撒必须为之流血！高贵的朋友们，

让我们勇敢地，而不是愤怒地杀死他；

让我们把他切成献给诸神的佳肴，

而不是把他剁成喂狗的残骸；

让我们的心，像狡猾的主人那样，

挑唆奴仆[1]去愤而实施暴行，

事后又假意责怪。这将使我们的

目的显得出于必需，而非妒忌；

以如此姿态出现在公众眼里，

我们就会被称为锄奸者，而非谋杀者。

至于马克·安东尼，不必考虑他；

凯撒人头落地后，他就像凯撒的臂膀，

1　奴仆：喻指我们的手。

不可能有什么作为。

卡修斯 我还是害怕他，

因为他对凯撒怀有根深蒂固的爱——

布鲁图 哎呀，好卡修斯，别考虑他了。

如果他爱凯撒，他所能做的一切

不过是冲他自己——为凯撒忧伤而死；

但那对他来说太难了，因为他性喜

戏乐、放浪，耽于聚众胡闹。

特莱波纽斯 他没有什么可怕的；别让他死，

他活下去，过后会嘲笑这念头的。

钟声报时

布鲁图 静一静！数数钟声。

卡修斯 钟敲了三下。

特莱波纽斯 该散了。

卡修斯 可是，凯撒今天

出来还是不出来还不能确定；

他最近渐已变得越来越迷信，

与他从前对幻象、梦境和占卜

仪式的强烈成见相去甚远。

也许这些显而易见的异兆，

这一夜间不同寻常的凶象，

加上他的占卜术士的劝告，

可能会阻止他今天前去元老院。

德裘斯 不用担心。如果他决意不去，

我可以说动他，因为他喜欢听人讲，

> 诱捕独角兽可以利用树木 [1]，
> 熊可以用镜子，大象可以用陷阱，
> 狮子可以用罗网，人可以用奉承。
> 可是当我对他说，他厌恶奉承时，
> 他说是的，就接受了最大的奉承。
> 让我去活动吧，
> 我可以使他的心性确定倾向，
> 我会把他弄到元老院去。

| 卡修斯 | 好，我们大家去那儿恭候他。 |

布鲁图　　八点钟以前。是否不能再晚了？

钦纳　　绝对不能再晚了，可别错过了。

梅特鲁斯　　卡尤斯·利伽瑞尤斯对凯撒心怀怨恨，
　　　　　　他因替庞培说话而受过凯撒的斥责；
　　　　　　我纳闷你们怎么谁都没有想到他。

布鲁图　　那，好梅特鲁斯，到他家去一趟。
　　　　　　他对我爱戴有加，我给过他好处；
　　　　　　把他带到这儿来，我来劝说他。

卡修斯　　天放亮了。我们得告辞了，布鲁图。——
　　　　　　朋友们，各自散去吧；但大家要记住
　　　　　　你们都说过什么话；要证明自己是真正的罗马人。

布鲁图　　诸君，打起精神，愉快一些；
　　　　　　别让脸色暴露我们的目的，
　　　　　　而要像我们罗马的演员一样，
　　　　　　带着不倦的精神和不变的庄严。
　　　　　　那么，回头再见啦，你们各位。——

1　据说可以通过引诱独角兽攻击一棵树，令其角陷入树干不能自拔而捕获。

众人下。布鲁图留场

（呼唤）来人！卢丘斯！睡死啦？没有关系。

享受酣眠那甜蜜醇厚的甘露吧。

你既没有想象，也没有幻想，

不像成人那样满脑子忧虑；

所以你睡得这么沉。

波提娅上

波提娅　布鲁图，我的夫君！

布鲁图　波提娅！你这是干什么？你怎么现在就起来了？

把你虚弱的身体暴露给阴冷的

清晨，这样不利于你的健康。

波提娅　也不利于你的。布鲁图，你狠心

从我床上溜走；昨天吃晚饭时，

你突然起身，四处踱来踱去，

双臂交叉，边沉思，边叹息；

我问你出了什么事儿的时候，

你脸色严峻、眼睛直盯着我。

我再次催问你，你就挠挠脑袋，

十分不耐烦地用脚直跺地。

我坚持要问，可你就是不回答，

只是气恼地挥了一挥手，

示意我走开：我照做了，

因为害怕激化那股似乎

就要爆发的不耐烦情绪；同时

希望那不过是一时心绪不佳，

每个男人都有这种时候。

这会使你不吃，不语，也不睡；

假如这竟使你心事重重，
同样也能使你形容憔悴，
那我就认不出你了，布鲁图。亲爱的夫君，
快让我知道你忧愁的原因吧。

布鲁图　我身体不舒服，就是这么回事。

波提娅　布鲁图是聪明人，如果他身体不适，
他会想尽各种办法调理的。

布鲁图　对，我就是这么做的。好波提娅，去睡吧。

波提娅　布鲁图病了吗？敞胸露怀在外面走，
吸取阴冷清晨的湿气，这样
有利于健康吗？什么，布鲁图病了吗？
他会从有益健康的床上溜走，
去冒险感染夜间的邪恶瘴疠，
招惹潮湿不洁的污浊空气，
以加重病情？不，我的布鲁图，
你心里有什么烦恼的病根，
我，身为你的妻子，有权利
知道；（跪地）我双膝跪地，凭着我从前
公认的美貌，凭着你发过的全部
爱情誓言，以及那使我们
结合成一体的大誓，求你向我，
你的体己人，你的另一半坦白
你为什么心事重重，夜里是什么人
前来找过你；大约有那么六七位，
他们哪怕在黑暗里也都遮掩着
他们的面容。

布鲁图　别下跪，尊贵的波提娅。（扶起她？）

波提娅	如果你是尊贵的布鲁图，我就不必跪。（起身）
	在婚姻的契约内，告诉我，布鲁图，
	是否有例外，即我不应该知道
	属于你的秘密？我做你体己人，
	难道说是有条件限制的，只是
	陪你吃饭，供给你床笫之欢，
	有时跟你聊聊天？难道我只是住在
	你寻欢作乐的郊外？若仅此而已，
	波提娅就是布鲁图的婊子，而不是妻子。
布鲁图	你是我忠贞可敬的妻子，
	就像那造访我忧伤心房的
	红酒浆[1]一样珍贵。
波提娅	果真如此，我就该知道这秘密。
	我承认我是个女人；可却也是
	布鲁图老爷娶为妻子的女人。
	我承认我是个女人；可却也是
	卡托[2]之女，出身名门的女人。
	拥有这样的父亲和这样的丈夫，
	难道你认为我不比别的女人强？
	把你的秘密告诉我，我不会泄露。
	我已经自愿给自己大腿这里
	弄了个伤口，作为我意志坚定的
	有力证明；我能够忍受这痛楚，

1　红酒浆：喻指血液。
2　马尔库斯·波尔齐乌斯·卡托（Marcus Porcius Cato）：庞培的盟友，以道德操守严谨著称，在庞培战败后自杀。

就不能保守丈夫的秘密吗？

布鲁图　　啊，诸神！

让我配得上这高贵的妻子吧！（敲门声）

听，听，有人敲门！波提娅，暂且进屋去，

很快，你的胸怀就会分享

我心中的秘密。

我会向你解释我一切作为、

我忧愁的眉头上的一切含义。

赶快回避一下。—— 　　　　　　　　　　　波提娅下

（呼唤）卢丘斯，谁在敲门？

卢丘斯与卡尤斯·利伽瑞尤斯上，后者裹着头巾

卢丘斯　　这儿有位病人想跟您说话。

布鲁图　　是梅特鲁斯说起的卡尤斯·利伽瑞尤斯。——

小伙子，站到一边去。——

卡尤斯·利伽瑞尤斯，你好吗？

利伽瑞尤斯　　请接受一个病弱之人的问候。

布鲁图　　哦，优秀的卡尤斯，你怎么偏偏挑这么个时候

生病裹上头巾？要是你没病该多好！

利伽瑞尤斯　　如果布鲁图手头有什么

能成就功名的大事，我就没有病。

布鲁图　　我手头倒真有这么一件大事，利伽瑞尤斯，

只要你有健全的耳朵来听就是了。

利伽瑞尤斯　　凭着罗马人崇拜的诸神之名，

我在此抛弃我的病患！罗马的灵魂！（摘下头巾）

出身高贵血统的勇敢子孙！

你，就像招魂法师，用咒语唤起

我僵死的魂灵。现在就教我奔走吧，

	我会与不可为之事奋力争斗，
	并且战胜它们。要我干什么？
布鲁图	一件会使病人痊愈的活儿。
利伽瑞尤斯	可是，我们不也得让有些健全人患病吗？
布鲁图	这事我们也得做。到底是什么，
	必须针对谁，卡尤斯，我们边走，
	我边对你细说。
利伽瑞尤斯	请移步先行，
	我怀着一颗新点燃的心跟随你，
	去干我不清楚的事；但只要布鲁图
	领我前进，就足够了。（雷声）
布鲁图	那就随我来。　　　　　　　　　　　　　　同下

第二场　　/　　第三景

罗马，凯撒府邸

雷鸣电闪。尤力乌斯·凯撒身着睡袍上

凯撒	昨夜天地都没有一刻平静。
	卡尔普尼娅在睡梦里三次惊叫：
	"救命啊！他们谋杀凯撒啦！"谁在里边？

一仆人上

| **仆人** | 老爷？ |
| **凯撒** | 去叫祭司立刻献祭求神， |

并把神示结果报告给我。

仆人　　　　　遵命，老爷。　　　　　　　　　　　　　　　下

卡尔普尼娅上

卡尔普尼娅　　你什么意思，凯撒？你打算出门吗？
　　　　　　　　今天你不能走出家门半步。

凯撒　　　　　凯撒就要出门。威胁我的东西
　　　　　　　　只敢窥视我后背；它们一见
　　　　　　　　凯撒的脸，就逃得无影无踪。

卡尔普尼娅　　凯撒，我从来不迷信异象征兆，
　　　　　　　　但现在它们让我害怕。除我们
　　　　　　　　听说和看见的事物外，家里还有人
　　　　　　　　讲述守夜人看到的极恐怖景象。
　　　　　　　　一头母狮在大街上生产幼崽；
　　　　　　　　坟墓裂开，把死人从中抛出；
　　　　　　　　浑身冒火的凶猛战士[1]在云端
　　　　　　　　依照战法布阵列队厮杀，
　　　　　　　　血雨淋漓滴滴洒落在元老院；
　　　　　　　　激战的声浪阵阵响彻天空；
　　　　　　　　战马嘶鸣，垂死之人呻吟，
　　　　　　　　鬼魂在街道上到处尖声厉叫。
　　　　　　　　凯撒呵，这些事物迥非寻常，
　　　　　　　　我着实害怕。

凯撒　　　　　强大的诸神一决定
　　　　　　　　某人的结局，还有什么可避免？
　　　　　　　　凯撒仍是要出门；这些预兆

1　喻指彗星，被认为是不祥之兆。

	既针对凯撒，同样也是对世人。
卡尔普尼娅	乞丐死去时，没有彗星出现；
	上天垂象只预示君王之死。
凯撒	懦夫死亡之前已死过多次；
	勇士只品尝一次死亡滋味。
	在我听说过的所有奇事当中，
	我觉得最奇怪的是：看到死亡——
	一个必然结局——将如期到来，
	人们竟然会害怕。

一仆人上

	占卜师怎么说？
仆人	他们请您今天不要出门。
	他们扒出一头牺牲的内脏，
	却无法从中找到那畜生的心脏。
凯撒	诸神这样做是为了羞辱怯懦。
	如果凯撒今天因害怕而待在家，
	那他就该是一头没心脏的畜生。
	不，凯撒决不。危险知道得
	十分清楚：凯撒要比它更危险。
	我们是同一天降生的两头狮子，
	我年齿较长而且更加可怕；
	凯撒偏要出门去。
卡尔普尼娅	啊呀，我的夫君，
	你的智慧被自信完全吞没了。
	今天可别出门；就算是我的恐惧，
	而不是你自己的，让你待在家里。
	我们就派马克·安东尼去元老院，

就教他说你今天身体不舒服。

我跪地求你，就听我这一回劝吧。（跪地）

凯撒 那就教马克·安东尼说我身体不舒服；

由于你的怪念头，我就待在家里。（扶起她？）

德裘斯上

德裘斯·布鲁图来了，他会这么告诉他们的。

德裘斯 凯撒，万岁！早安，尊贵的凯撒。

我来接您去元老院。

凯撒 你来得正是时候，

请代我向诸位元老致意，

告诉他们我今天不去了。

不是不能去，更不是不敢去：

而是我今天不想去。就这么告诉他们，德裘斯。

卡尔普尼娅 就说他病了。

凯撒 凯撒用得着说谎吗？

在征战中我的手臂伸得那么远，

难道还怕对白胡子老头儿讲真话吗？

德裘斯，去告诉他们凯撒不想去。

德裘斯 最强大的凯撒，请让我知道原因，

以免我通知他们时受到嘲笑。

凯撒 原因就在于我的意愿，我不想去：

这就足以让元老院感到满意了。

但是为了让你个人满意，

因为我喜欢你，我会让你知道。

我妻子，卡尔普尼娅，留我待在家：

她昨夜做梦看见我的雕像，

好像有着上百个喷口的喷泉，

喷涌着鲜血；许多强悍的罗马人
微笑着前来在那鲜血中洗手。
她把这些当做警示和凶兆
以及迫近的祸害，跪倒在地
乞求我今天务必待在家里。

德裘斯 这梦解释得完全不着边际。
这是一个吉祥幸运的预感。
您的雕像有许多喷口喷涌着鲜血，
那么多微笑的罗马人在其中洗手，
这象征伟大的罗马将从您身上吸吮
复兴的血液，伟大的人们将竞相
沾染血迹作为圣物和徽记。
这才是卡尔普尼娅的梦所预示的。

凯撒 你这样解释很好。

德裘斯 是呀，等您听我说完才真好呢。
现在就告诉您吧：元老院已决定
于今天给强大的凯撒进冠加冕。
如果您派人通知他们您不去了，
他们就可能改变主意。而且，
有可能引起嘲笑，有人会说：
"元老院解散吧，等到下一次
凯撒的老婆碰到好梦再说。"
如果凯撒躲起来，他们岂不会窃窃私语：
"瞧，凯撒害怕了"？
请恕罪，凯撒，出于对咱们前程
深深的关爱我才对您说这番话；
我的爱使得我口不择言。

凯撒	你的恐惧现在显得多愚蠢，卡尔普尼娅！
	我因屈从于你而感到羞耻。
	拿我的袍子来，我要走了。

布鲁图、利伽瑞尤斯、梅特鲁斯、卡斯卡、特莱波纽斯、钦纳与普卜力乌斯上

	瞧那儿，普卜力乌斯来接我了。
普卜力乌斯	早安，凯撒。
凯撒	欢迎，普卜力乌斯。——
	怎么，布鲁图，你也起得这么早？——
	早安，卡斯卡。——卡尤斯·利伽瑞尤斯，
	疟疾害得你消瘦憔悴，凯撒
	可不像疟疾一样与你为敌呦。——
	现在是什么时辰？
布鲁图	凯撒，钟敲八下了。
凯撒	我感谢诸位的辛苦和好意。

安东尼上

	瞧，就连彻夜狂欢的安东尼
	也都起床了。——早安，安东尼。
安东尼	早安，最高贵的凯撒。
凯撒	（对卡尔普尼娅或仆人）叫他们在屋里做好准备；
	我这样让人久等，应该受责罚。 　　卡尔普尼娅或仆人下
	喏，钦纳，喏，梅特鲁斯，怎么，特莱波纽斯：
	我要跟你们谈一个小时的话；
	你们记住今天要来找我：
	靠近我身边，我好记得你们。
特莱波纽斯	遵命，凯撒——（旁白）我会靠得非常近，
	您最好的朋友会希望我离得远点儿。
凯撒	好朋友们，请进屋，和我一起喝点儿酒，

然后我们，像朋友一样，一道走。

布鲁图　（旁白）相像者并不全都相同，呵，凯撒，

布鲁图的心一想到这就悲伤！　　　　　　　众人下

第三场　/　第四景

罗马，元老院附近—街道

阿尔特弥多鲁斯上，读着一信

阿尔特弥多鲁斯　"凯撒，提防布鲁图；当心卡修斯；别靠近卡斯卡；留意

钦纳；别信任特莱波纽斯；注意梅特鲁斯 · 钦伯；德裘斯 · 布

鲁图并不爱您；您亏待过卡尤斯 · 利伽瑞尤斯。这些人全

都只有一门心思，那就是决意反对凯撒。如果您并非不死

之躯，就留心您周围；过分自信会让阴谋得逞。愿强大的

诸神保佑您！您的挚友，阿尔特弥多鲁斯。"

我要站在这里，等凯撒经过，

作为请愿者，把这信交给他。

美德无法逃脱争竞的毒牙，

我的心因此而悲哀伤悼。

读了此信，凯撒呵，您可能活命；

否则，命运就与叛党合谋了。　　　　　　　　　　　下

第四场 / 第五景

罗马，布鲁图府外

波提娅与卢丘斯上

波提娅	我求你啦，小伙子，快去元老院；
	别等着给我回话，马上就动身。
	你还等什么？
卢丘斯	等您吩咐差事，太太。
波提娅	等你去了那里再回到这里，
	我才能告诉你应该到那里做什么——
	（旁白）啊，坚定的意志，给我力量吧，
	在我的心与舌之间放一座大山！
	我有男人的头脑，却只有女人的力道。
	让女人保守秘密可真是难呵！——
	你怎么还在这儿？
卢丘斯	太太，我该干什么？
	跑到元老院，没有别的事儿了？
	再回到您这儿，没有别的事儿了？
波提娅	对，小伙子，回报我你主人气色可好，
	他出门时一脸病容；仔细留意
	凯撒做什么，挤到他跟前请愿的都是什么人。
	听，小伙子，那是什么声音？
卢丘斯	我什么也听不见，太太。
波提娅	你仔细听：
	我听见一阵嘈杂的人声，像吵闹；

	风从元老院把它吹送过来。
卢丘斯	真的，太太，我什么也没听见。

预言者上

波提娅	到这儿来，伙计；你从哪儿来？
预言者	从我自家来，高贵的夫人。
波提娅	现在什么时辰？
预言者	大约九点钟，夫人。
波提娅	凯撒去元老院了吗？
预言者	还没有，夫人。我去占位置，
	看他路过去元老院。
波提娅	你有事要向凯撒请愿，对吧？
预言者	确实有，夫人，如果凯撒
	愿意屈尊垂听我的话，
	我将恳求他珍重自己。
波提娅	怎么，你知道有人要对他不利吗？
预言者	我所知者未必，
	我所惧者或许。
	再见啦您哪。这儿的街道狭窄：
	跟在凯撒脚后的大群元老、
	执政官和请愿的平民百姓
	差不多会把文弱的人挤死。
	我要找一个宽敞些的地方，在那里
	等伟大的凯撒经过时跟他讲话。

下

波提娅	我得回屋去。唉！女人的心
	是多么软弱的东西！——啊，布鲁图，
	愿上天保佑你实现你的计划！——
	小伙子当然听见了我的话。布鲁图有个请求，

凯撒不会答允。啊,我要晕倒了。——
快跑,卢丘斯,代我向夫君问好,
就说我心情愉快。再回到我这儿,
向我报告,他对你说了什么话。　　　　　分头下

第三幕

第一场 / 第六景

罗马，去元老院的路上，后在元老院中

喇叭奏花腔。凯撒、布鲁图、卡修斯、卡斯卡、德裘斯、梅特鲁斯、特莱波纽斯、钦纳、安东尼、雷必达、阿尔特弥多鲁斯、普卜力乌斯、泼皮力乌斯·莱纳与预言者上

凯撒　　　　　　（对预言者）三月十五已经到了。

预言者　　　　　是呀，凯撒，可还没过去呢。

阿尔特弥多鲁斯　万岁，凯撒！请看看这文件。

德裘斯　　　　　特莱波纽斯真心希望您——有空时——
　　　　　　　　　仔细读读他这份谦卑的请愿书。

阿尔特弥多鲁斯　哦，凯撒，先看我的；我的请愿
　　　　　　　　　与凯撒关系更近。看吧，伟大的凯撒。

凯撒　　　　　　与咱自己有关的最后处理。

阿尔特弥多鲁斯　别耽搁，凯撒，立刻就看。

凯撒　　　　　　什么，这家伙疯了吗？

普卜力乌斯　　　（对阿尔特弥多鲁斯）小子，让开。

卡修斯　　　　　怎么，在大街上就急着请愿？
　　　　　　　　　到元老院来。（凯撒及其扈从继续前行）

泼皮力乌斯　　　（对卡修斯）我希望你的计划今天会成功。

卡修斯　　　　　什么计划，泼皮力乌斯？

泼皮力乌斯　　　回头见。（走向凯撒）

布鲁图　　　　　泼皮力乌斯·莱纳说什么来着？

卡修斯	他祝愿我们的计划今天成功。
	我担心我们的意图已经泄露。
布鲁图	看他对凯撒怎么说。盯住他。
卡修斯	卡斯卡，利索点儿，我们就怕中途受阻。
	布鲁图，怎么办？假如事情败露，
	卡修斯或凯撒决不会活着回来，
	我当自行了断。
布鲁图	卡修斯，镇定；
	泼皮力乌斯·莱纳没有说出我们的意图，
	瞧，他微笑着，凯撒也没有变脸色。
卡修斯	特莱波纽斯够机灵；你瞧，布鲁图，
	他把马克·安东尼拉到了一边。

安东尼与特莱波纽斯同下

德裘斯	梅特鲁斯·钦伯在哪儿？让他去（凯撒坐下？）
	立刻向凯撒呈递请愿书。
布鲁图	他准备好了；贴近去支援他。
钦纳	卡斯卡，你第一个下手。
凯撒	大家都准备好了吗？现在，凯撒
	及元老院有什么疏失必须纠正？
梅特鲁斯	至高、至强、无所不能的凯撒，（上前）
	梅特鲁斯·钦伯在您座前献上（跪地）
	一颗卑贱的心——
凯撒	我必须阻止你，钦伯。
	俯首折腰低声下气的敬礼
	可能会让常人血液沸腾，
	并把先前制定的政策法令
	变得形同儿戏。不要愚蠢地

以为，凯撒具有悖逆的气血，
会让那哄骗傻瓜的伎俩——我是说
甜言蜜语、卑躬屈膝、摇尾
乞怜——从正直品格之中融解。
你的兄弟已经被依法放逐；
如果你躬身俯首，为他求情，
我就把你当野狗一脚踢开。
要知道，凯撒决不冤枉人，也不会
无缘无故听信人。

梅特鲁斯　　难道就没有声音比我的更高贵，
让伟大的凯撒的耳朵听起来更甜蜜，
来为我遭放逐的兄弟求得赦罪？

布鲁图　　凯撒，我吻您的手，但不是献媚，（跪地）
是在恳请您立即恩准赦免
普卜力乌斯·钦伯，还他自由。

凯撒　　什么，布鲁图？

卡修斯　　恕罪，凯撒！凯撒，恕罪！
卡修斯倒身匍伏在您脚下，（跪地）
恳求开释普卜力乌斯·钦伯。

凯撒　　我要像你们一样，就可能被感动；
我能以乞求打动人，乞求也就能打动我；
但是我就像北极星一般坚定，
九天穹隆里没有哪颗星辰
比得上它那恒定不移的品性。
重重天空中点缀着无数星星，
全都个个燃烧，颗颗闪烁；
但其中只有一颗固定不动。

这世间也同样：处处遍布人迹；

人具有血肉之躯，通情达理；

但在众人中我知道只有一人

坚守自己的岗位，无隙可乘，

不可动摇。我就是这么一个人，

让我就用这件事稍加证明：

我以前坚持钦伯应该被放逐，

现在仍坚持维持对他的原判。

钦纳	哦，凯撒——（跪地）
凯撒	走开！你要掀翻奥林波斯山[1]不成？
德裘斯	伟大的凯撒——（正要跪地）
凯撒	难道布鲁图没有白跪吗？
卡斯卡	那就让我的手说话吧！

（卡斯卡领头，布鲁图最后，众刺凯撒）

凯撒	还有你，布鲁图？[2]——那就倒下吧，凯撒！（死）
钦纳	解放啦！自由啦！暴政完蛋啦！
	快跑出去，到大街小巷大声宣布。
卡修斯	一些人去公共讲坛，高喊：
	"解放啦！自由啦！公民自治啦！"

在随后的骚乱中，除密谋者与普卜力乌斯外，余众下

布鲁图	民众和诸位元老，不要惊慌；
	别跑，站定。野心的欠债已经还清。
卡斯卡	布鲁图去公共讲坛。
德裘斯	卡修斯也去。

1 奥林波斯山：古希腊神话中众神所居之山。

2 原文为拉丁语，传为凯撒临死前所说。

布鲁图	普卜力乌斯在哪儿？
钦纳	在这儿，被这场动乱吓呆了。
梅特鲁斯	靠拢站在一起，以免凯撒的亲信 乘机——
布鲁图	用不着这样。普卜力乌斯，振作起来， 对你个人不会有伤害，也不会伤害 其他罗马人。就这样对他们讲，普卜力乌斯。
卡修斯	离开我们，普卜力乌斯，免得人们 攻击我们，会对您老人家造成伤害。
布鲁图	去吧，别让任何人受这事牵连， 只由我们动手的人负责。

普卜力乌斯下

特莱波纽斯上

卡修斯	安东尼在哪儿？
特莱波纽斯	惊慌失措地跑回家去了。 男女老少目瞪口呆，大呼小叫，东奔西跑， 就好像到了世界末日。
布鲁图	命运之神，我们想知道你们的意志。 我们知道，人必有一死，只是不清楚 时间的迟早和寿命的长短。
卡斯卡	嗨，缩短二十年生命的人 也缩短了这么多年对死亡的恐惧。
布鲁图	如此说来，死亡就是一种福分； 我们缩减了凯撒恐惧死亡的时间， 所以是他的朋友。弯下腰，罗马人，弯下腰， 让我们用凯撒的鲜血浸洗双手， 直到臂肘，并涂抹我们的剑； 然后我们走出去，直到市场，

（众人用凯撒的血涂抹双手和武器）
在头顶上挥舞我们染红的武器，
全体高呼"和平、自由、解放！"

卡修斯 那就弯下腰，洗手。此后多少年间，
我们这崇高的一幕将在尚未诞生的国家，
以尚不可知的语言一遍遍重复搬演！

布鲁图 凯撒将多少次演出流血惨剧！
他现在躺倒在庞培雕像的底座旁，
低贱得与尘土无异。

卡修斯 往往如此，
我们这帮人也往往会被称为
给自己的祖国带来解放的人。

德裘斯 怎么，我们要出去吗？

卡修斯 对，每个人都去。
布鲁图领头，我们紧随其后，
怀着罗马最勇敢、最优秀的心。

一仆人上

布鲁图 慢着，谁来啦？是安东尼的亲信。

仆人 布鲁图，我主人教我这样跪倒；（跪地）
马克·安东尼教我这样趴下；
他教我一边拜伏，一边这么说：
布鲁图高贵，智慧，勇敢，可敬；
凯撒强大，无畏，崇高，仁爱。
说我喜爱布鲁图，我也敬重他；
说我畏惧凯撒，敬重他，热爱他。
如果布鲁图保证安东尼可以
安全地走到他面前，听他解释

　　　　　　　　为何就该置凯撒于死地的话，

　　　　　　　　马克·安东尼将爱活着的布鲁图，

　　　　　　　　胜过爱死去的凯撒；情愿诚心

　　　　　　　　追随高贵的布鲁图的命运和事业，

　　　　　　　　度过这事态非常的危险时期。

　　　　　　　　我主人安东尼就是这样说的。

布鲁图　　　你主人是个聪明勇敢的罗马人，

　　　　　　　　我从来没有小看他。

　　　　　　　　告诉他，就请他到这个地方来，

　　　　　　　　他的请求将得到满足；我担保，

　　　　　　　　不会动他分毫。

仆人　　　　我这就请他来。　　　　　　　　　　　仆人下

布鲁图　　　我知道，我们会和他做好朋友。

卡修斯　　　但愿我们可以；但我心里仍然

　　　　　　　　对他很不信任；而我的疑虑往往

　　　　　　　　不幸而中的。

安东尼上

布鲁图　　　可是安东尼来了。——欢迎，马克·安东尼！

安东尼　　　（对凯撒尸体）啊，强大的凯撒！你躺得这么低下？

　　　　　　　　你所有征服、光荣、胜利、掳获

　　　　　　　　都缩小到这点尺寸了吗？永别了！——

　　　　　　　　诸位，我不知道你们意欲何为，

　　　　　　　　还有谁得放血 [1]，还有谁患有毒疮 [2]；

　　　　　　　　假如是我本人，那就没什么时刻

1　放血（be let blood）：过去西方一种医疗手段。此处指被杀。

2　毒疮（rank）：暗示需要放血者。——译者附注

比凯撒死时更合适，也没什么用具
抵得上你们的利剑一半价值，这世上
最高贵的血使它们价值连城。
我恳求你们，如果你们对我怀恨在心，
现在，趁你们染红的手还冒着热气，
就遂了你们的愿吧。即使活上千年，
我也不会像现在这样从容赴死。
没有哪块死地比凯撒身边更合意，
没有哪种死法比得上被你们——
这时代的精英之选——砍掉头颅。

布鲁图　啊，安东尼！不要向我们求死。
虽然此刻我们必貌似血腥残忍，
如我们的手和你目睹的我们当下
这举动所显示，但你只看到我们的手，
以及它们干下的这流血事件。
我们的心你看不见，它们充满悲悯；
对罗马大众所遭受的不公的悲悯——
犹如火驱逐火，悲悯也驱逐悲悯[1]——
使我们对凯撒干下了这种事。至于你，
马克·安东尼，我们的剑对你用不着；
我们的手臂充满凶悍力气，我们的心
充满兄弟情谊，带着全部
仁爱、善意和尊敬，真诚地接纳你。

卡修斯　在重新分配职位的时候，
你跟任何人一样有发言权。

1　意谓我们对罗马的悲悯驱逐了对凯撒的悲悯。

布鲁图　　　且耐心等到安抚好了

　　　　　　惊恐失措的群众之后，

　　　　　　我们再给你说明缘由：

　　　　　　袭击凯撒时我确实热爱他，

　　　　　　却为什么还要这样做。

安东尼　　　我不怀疑你的智慧。

　　　　　　请每个人都把他的血手伸给我。（依次与每个人握手）——

　　　　　　首先，马尔库斯·布鲁图，我跟你握手；——

　　　　　　其次，卡尤斯·卡修斯，我握你的手；——

　　　　　　嗯，德裘斯·布鲁图，你的；——

　　　　　　嗯，你的，梅特鲁斯；——

　　　　　　你的，钦纳；——还有咱勇敢的卡斯卡，你的；——

　　　　　　最后，但一样亲近，你的，好特莱波纽斯。——

　　　　　　诸位大人：哎呀！我说什么好呢？

　　　　　　我的名誉正站在这么溜滑的地面上，

　　　　　　你们必对我有两种不好的看法之一：

　　　　　　要么是懦夫，要么是谄媚之徒。——

　　　　　　我真的爱您，凯撒，啊，真的；

　　　　　　假如此刻您的魂灵正俯视着我们，

　　　　　　看见安东尼摇晃着您仇人的

　　　　　　血污手指，跟他们讲和，难道

　　　　　　这不比您的死更加令您难过？

　　　　　　最高贵者呵！在您的遗体面前，

　　　　　　假如我有像您的伤口那么多眼睛，

　　　　　　像它们汩汩流血那么快地流泪，

　　　　　　那也比与您的敌人媾和言欢

　　　　　　让我觉得更为好受一些。

原谅我，尤力乌斯！勇敢的雄鹿[1]，您在此遭围堵，
您在此倒下；此地站着追逐您的猎人，
带着屠宰您的痕迹，染着您的血污。——
世界啊！你是这雄鹿栖身的森林；
世界啊！这雄鹿正是你的心。——
您多像一头鹿啊，被众王子击中，
倒毙在此地！

卡修斯　　马克·安东尼——

安东尼　　对不起，卡尤斯·卡修斯！
就连凯撒的敌人也会这么说，
那作为朋友，这已算冷静克制。

卡修斯　　我并不怪你如此赞扬凯撒，
可是你打算与我们订什么契约？
你可愿加入我们的朋友之列，
要么我们继续干，不用靠你？

安东尼　　正是为此我才跟你们握手，不过
确实由于低头看凯撒而走了神。
我是你们的朋友，爱你们大家，
在此希望你们告诉我理由，
为什么，在哪一点上，凯撒有危害。

布鲁图　　否则，这就是一场野蛮惨剧。
我们的理由十分充足而周全，
哪怕你是，安东尼，凯撒的儿子，
你也会信服。

安东尼　　我要求的就这些，

1　雄鹿（hart）：与 heart（心）谐音双关。

　　　　　　　　另外，我还请求可否

　　　　　　　　把他的遗体运到市场，

　　　　　　　　登上讲坛，以朋友的身份，

　　　　　　　　在他的葬礼上讲话。

布鲁图　　　可以，马克·安东尼。

卡修斯　　　布鲁图，跟你说句话。

　　　　　　　　（旁白。对布鲁图）你简直糊涂透顶。不要答应

　　　　　　　　让安东尼在他的葬礼上讲话。

　　　　　　　　你知道人们会被他说的那套

　　　　　　　　煽动到什么程度吗？

布鲁图　　　（旁白。对卡修斯）请你原谅：

　　　　　　　　我自己将要先行登上讲坛，

　　　　　　　　讲明我们杀死凯撒的原因。

　　　　　　　　我将宣布，安东尼要讲的话，

　　　　　　　　他是经过批准允许才讲的；

　　　　　　　　而且我们乐见凯撒享受

　　　　　　　　一切体面合法的丧葬礼仪，

　　　　　　　　这对我们将会利大于弊。

卡修斯　　　（旁白。对布鲁图）我不知道会发生什么。我不赞成。

布鲁图　　　马克·安东尼，你把凯撒的遗体搬去。

　　　　　　　　你在葬礼上讲话时不许怪罪我们，

　　　　　　　　但说你能想到的凯撒的所有好处，

　　　　　　　　还要说你这样做是经过我们准许；

　　　　　　　　否则根本不许你插手干预

　　　　　　　　他的葬礼。你要跟我前去

　　　　　　　　同一个讲坛，待我讲话结束，

　　　　　　　　你再接着发言。

安东尼	就这么办;
	我别无所求。
布鲁图	那就把遗体打点好,跟我们来。 众人下。安东尼留场
安东尼	(对凯撒的尸体)啊,原谅我,你这堆流血的泥土,
	我对待这些屠夫竟温顺怯懦!
	你是曾经活跃在历史潮流中
	最高贵的人物遭毁弃的尸骨。
	愿弄洒这宝贵血液的凶手遭殃!
	此刻面对您的伤口我预言——
	像喑哑的嘴张着猩红的唇,
	伤口恳求我的舌说话发声——
	咒罚将降在人们的肢体上面;
	国民的愤怒和激烈的内战
	将在意大利境内各处爆发;
	流血和破坏将司空见惯,
	可怕的景象将屡见不鲜,
	以至母亲看见自己的婴儿
	被战争之手肢解都只会微笑;
	怜悯心全被习见的暴行窒息;
	凯撒的冤魂为复仇到处游荡,
	与捣乱女神[1]并肩从地狱冲出,
	将在这些地区,以王者的声气
	喊杀,同时放出战争之犬[2];
	这恶行将连同哀告求葬的死尸,

1 捣乱女神:名阿忒(Ate),古希腊神话中专事制造不和的复仇女神。
2 战争之犬:指饥馑、刀兵与火灾。——译者附注

在大地之上散发出腐臭的气味。——

屋大维的仆人上

你为屋大维·凯撒做事，对吧？

仆人 是，马克·安东尼。

安东尼 凯撒曾写信叫他来罗马。

仆人 他收到了他的信，就要来了；

他让我给您捎个口信——

（看见尸体）啊，凯撒！

安东尼 你的心伤痛了；你到一边去哭吧。

我明白，悲伤会传染，我双眼由于

看见你双眼满含悲痛的泪珠，

也开始湿润了。你主人就要来了吗？

仆人 他今夜在离罗马不到七里格[1]之处扎营。

安东尼 火速赶回，报告他发生的一切。

此处是哀悼的罗马，危险的罗马，

对屋大维还不是安全的罗马；

快去，就这么对他说。不过且慢，

等我把这尸体背到市场上

你再回去。在那里我要发表演讲，

试探人们对这伙嗜血凶徒

残暴的行径作何反应，

根据结果，你把事态情形

向年轻的屋大维如实回禀。

来帮我一把。 抬着尸体同下

---

1 里格（league）：西方旧时长度单位。一里格约合三英里。

第二场 / 第七景

罗马城市广场

布鲁图上，登上讲坛；卡修斯及众平民同上

众平民 我们要求解释！给我们解释清楚！

布鲁图 那就随我来，听我讲，朋友们。

卡修斯，你到另一条街去，

分一些人去。

愿意听我讲话的，留在这里；

愿意跟随卡修斯的，跟他走；

凯撒之死的缘由

将公开宣布。

平民甲 我要听布鲁图讲话。

平民乙 我听卡修斯的；咱们分头听完后，

再来比较他们的说法。　　　　　　卡修斯及若干平民下

平民丙 高贵的布鲁图登坛了；肃静！

布鲁图 请耐心听我讲完。

罗马人，同胞们，朋友们！请听我说明缘由；请保持安静，你们好听得清。凭我的名誉，请相信我；尊重我的名誉，你们才会相信。请用你们的智慧考察我；唤醒你们的心智，你们才会更好地判断。如果在这人群中有凯撒的亲密朋友，我要对他说，布鲁图对凯撒的爱绝不比他的差。假如那位朋友这时要问，为什么布鲁图要起来反对凯撒，我的回答如下：不是我不爱凯撒，而是我更爱罗马。你们是宁愿凯撒活着，自己至死为奴呢；还是

想要凯撒死去，大家生为自由人呢？凯撒爱我，我为他
哭泣；他幸运发达，我为之欣喜；他勇敢无畏，我尊敬他；
但是，他起了野心，我就杀了他。我以眼泪回报他的爱，
以欣喜祝贺他的成功，以尊敬褒扬他的勇敢，以死亡毁
灭他的野心。这里有谁那么低贱，会甘愿为奴？假如有
的话，就请说话，因为我已经得罪了他。这里有谁那么
野蛮，不愿做罗马人？假如有的话，就请说话，因为我
已经得罪了他。这里有谁那么卑劣，会不爱他的国家？
假如有的话，就请说话，因为我已经得罪了他。我且暂
停，敬候回答。

众人　　　没有，布鲁图，没有。

布鲁图　　那么说我就谁也没有得罪。我对凯撒做了什么，你们也
同样可以对布鲁图做。处死他的理由已记载在元老院里：
他的光荣没有减损，这点他当之无愧；他的罪过也没有
加重，为此他遭受了死亡的惩罚。

马克·安东尼携凯撒的尸体上

他的遗体来了，由马克·安东尼护送，他虽然没有参与
刺杀凯撒，但也会享受凯撒之死的好处，在共和国占有
一席之地，你们哪一位又不会得到好处呢？离开之前我
要说：为了罗马的利益我杀死了我最好的朋友，我为自
己也准备了同一把匕首，必要时我会自裁以谢国人。

（走下讲坛）

众人　　　活下去，布鲁图，活下去，活下去！

平民甲　　把他欢送回家。

平民乙[1]　　给他塑一尊像，与他的先人并列。

1　与先前离开去听卡修斯讲话者不是同一人。

平民丙	让他当凯撒。
平民丁	凯撒的优点
	将在布鲁图身上发扬光大。
平民甲	我们要欢呼着把他护送回家。
布鲁图	同胞们——
平民乙	安静，肃静！布鲁图有话说。
平民甲	安静喽！
布鲁图	亲爱的同胞们，让我一个人离去，
	看在我的分上，跟安东尼留在此地。
	瞻仰凯撒的遗体，听马克·安东尼
	讲述颂扬凯撒的光荣业绩，——
	经我们准许——他可以发表讲演。
	我恳求你们，除我自己之外，
	一个人也不要离开，听安东尼讲完。（下）
平民甲	留下吧，咱们听听马克·安东尼怎么讲。
平民丙	让他上公共讲坛就座。
	我们要听他讲。——高贵的安东尼，上去吧。
安东尼	承蒙布鲁图关照，我感谢你们。（上讲坛）
平民丁	他说布鲁图什么？
平民丙	他说，承蒙布鲁图关照，
	他感谢我们大家。
平民丁	他最好别在这儿说布鲁图的坏话！
平民甲	这凯撒是个暴君。
平民丙	唔，那是当然：
	幸亏罗马除掉了他，咱们有福了。
平民乙	安静，咱们来听听安东尼会说什么。
安东尼	诸位尊贵的罗马人——

众人　　　安静喽，听他讲。

安东尼　　　朋友们，罗马人，同胞们，请听我说！
　　　　　　我来埋葬凯撒，不是来赞扬他。
　　　　　　人们做的恶在身后仍然遗臭，
　　　　　　行的善却往往随尸骨一同入土；
　　　　　　就让凯撒如此吧。高贵的布鲁图
　　　　　　已经对你们说过，凯撒有野心；
　　　　　　果真如此，那真是重大错误，
　　　　　　凯撒已为之付出重大代价。
　　　　　　在此，蒙布鲁图诸位恩准——
　　　　　　因为布鲁图是个正人君子，
　　　　　　他们也都是，全都是正人君子——
　　　　　　我来在凯撒葬礼上发表讲话。
　　　　　　他是我朋友，对我忠诚而公正；
　　　　　　可是布鲁图却说，他有野心，
　　　　　　而布鲁图是个正人君子。
　　　　　　他把大批俘虏带回罗马，
　　　　　　他们的赎金把国库钱柜充满；
　　　　　　凯撒这样的胸怀像是有野心吗？
　　　　　　穷人啼哭之时，凯撒也流泪；
　　　　　　野心应由更坚硬的物质造就。
　　　　　　可是布鲁图却说，他有野心，
　　　　　　而布鲁图是个正人君子。
　　　　　　你们大家都曾亲见，牧神节时
　　　　　　我三次进献给他一顶王冠，
　　　　　　他三次拒不接受。这是野心吗？
　　　　　　可是布鲁图却说，他有野心，

而布鲁图实在是个正人君子。
我讲话不是为了反驳布鲁图，
而是在此讲述我知道的实情。
你们都曾爱戴他，不是无缘故；
那为何缘故你们不为他哀悼？——
啊，良知！你逃到了野兽当中，
人们已丧失理智。——请宽恕我，
我的心在那棺材里与凯撒在一起，
我必须暂停，等它回到我身体里。

平民甲 我觉得他的话很有道理。

平民乙 如果对这件事平心而论，
凯撒是受了很大的冤枉。

平民丙 是吗，先生们？
我担心会有还不如他的人来取代他哩。

平民丁 你们注意他的话了吗？他不肯接受王冠，
所以他肯定没有野心。

平民甲 假如真是这样的话，有人要为此付出高昂代价。

平民乙 可怜的人，他的眼睛哭得火红。

平民丙 罗马没有谁比安东尼更高贵了。

平民丁 现在注意听，他又开始讲话了。

安东尼 就在昨天，凯撒的话语还可能
对抗世界；现在他躺在那儿，
竟没有一个人屈尊向他致敬。
啊，先生们！假如我是有意
在你们心里挑起变乱和愤怒，
那我就对不起布鲁图，对不起卡修斯——
你们都知道——他们是正人君子。

　　　　　　我不愿对不起他们；我宁愿选择
　　　　　　对不起逝者，对不起我自己和你们，
　　　　　　也不愿对不起这些正人君子。
　　　　　　可这儿有一份文件，凯撒盖了印，（展示遗嘱）
　　　　　　我在他书房发现的，是他的遗嘱。
　　　　　　只要让普通民众听听这遗嘱——
　　　　　　请原谅，我并没有打算宣读——
　　　　　　他们就会去吻已故凯撒的伤口，
　　　　　　用手帕蘸取他圣洁的血渍；
　　　　　　而且，求取他一根头发作纪念，
　　　　　　临终时，还要在他们的遗嘱中提及，
　　　　　　把它当做丰厚的遗产遗赠
　　　　　　给他们的子女。
平民丁　　　我们要听遗嘱。读吧，马克·安东尼。
众人　　　　遗嘱！遗嘱！我们要听凯撒的遗嘱。
安东尼　　　暂且忍耐，尊贵的朋友们，我不能读。
　　　　　　你们不适合知道凯撒有多么爱你们：
　　　　　　你们不是木头，不是石头，而是人；
　　　　　　而作为人，一旦聆听凯撒的遗嘱，
　　　　　　那会令你们冒火，那会让你们发疯。
　　　　　　你们最好不知道你们是他的继承人，
　　　　　　如果你们知道了，啊，会有什么结果！
平民丁　　　宣读遗嘱，我们要听，安东尼。
　　　　　　你应该对我们宣读遗嘱，凯撒的遗嘱。
安东尼　　　你们忍耐些好吗？你们等一会儿好吗？
　　　　　　我告诉你们遗嘱的事，就已经做过头了。
　　　　　　我害怕我会对不起那些正人君子，

	他们用匕首刺杀了凯撒；我真的害怕。
平民丁	他们是叛徒！正人君子？
众人	遗嘱！遗嘱！
平民乙	他们是恶棍、凶手。遗嘱，宣读遗嘱！
安东尼	这么说你们要强迫我宣读遗嘱了？
	那就在凯撒遗体四周围一圈儿，
	我来让你们看看立遗嘱的主人。
	我可以下坛去吗？你们允许吗？
众人	下来吧。
平民乙	下坛来。
平民丙	你可以下来。（安东尼下坛）
平民丁	站过来，围成一圈儿。
平民甲	离灵柩远点儿，离遗体远点儿。
平民乙	给安东尼腾出空儿来，最高贵的安东尼。
安东尼	别，别这么挤着我，站远一点儿。
众人	往后站；留出空儿，往后退！
安东尼	如果你们有泪，现在就准备流吧。
	你们大家都认得这披风。我记得
	凯撒第一次穿上它的情景。
	那是个夏天傍晚，在他的营帐里，
	就在那天他征服了纳尔维部族[1]。
	看，卡修斯的匕首刺穿了这块儿；
	瞧恶毒的卡斯卡划了多长的口子；
	备受宠信的布鲁图从这儿扎进，
	他把那该死的钢刀拔出去之时，

---

1 纳尔维部族（the Nervii）：北高卢地区的古比利时部族，强悍好战。

注意看凯撒的鲜血是怎样随之
喷出的，就好像急匆匆开门来看
是否布鲁图在那么恶狠狠地敲门；
布鲁图，你们知道，是凯撒的红人。——
诸神啊，你们来评判，凯撒有多爱他！——
这是其中最冷酷无情的一刺；
因为当高贵的凯撒看见他行刺时，
比叛徒的臂膀更有力的忘恩负义
彻底击垮了他。他雄心迸碎，
披风扬起，蒙上他的脸面，
竟至在庞培雕像的底座旁边，
伟大的凯撒倒下了，雕像也泣血。
啊，这一倒惊天动地，同胞们！
然后我，还有你们，大家都倒了，
而血腥的叛逆在我们头上洋洋得意。
呵，现在你们哭了，我看出你们
感到了怜悯的重击。这是高尚的泪水。
善良的人们，你们只看见我们的凯撒
衣服被刺破怎么就哭了？你们看这里，
（撩起披风，暴露尸体）
这是他的身体，你们看，被叛贼毁了。

平民甲	呵，悲惨的景象！
平民乙	呵，高贵的凯撒！
平民丙	呵，不幸的一天！
平民丁	呵，叛贼，恶棍！
平民甲	呵，最血腥的景象！
平民乙	我们要报仇！

众人	报仇！行动！搜索！放火！杀戮！
	不让一个叛贼活着！
安东尼	等等，同胞们。
平民甲	安静，听高贵的安东尼讲话。
平民乙	我们要听他的，我们要跟随他，我们要跟他同生死。
安东尼	好朋友们，亲爱的朋友们，别让我把你们
	煽动成如此爆发的动乱洪流。
	那些干这事的人是正人君子。
	唉，我不知道，有什么私愤
	驱使他们这么干。他们聪明可敬，
	无疑有种种理由会回答你们。
	朋友们，我不是来偷取你们的心。
	我不是演说家，不像布鲁图那样；
	而是如你们所了解的，一个憨直的人；
	我爱我的朋友，他们也十分了解，
	所以准许我在公众面前谈论他。
	我没有智巧、辞令，也没有德能，
	没有手势、口才，也没有演说能力
	以煽动人心；我只是直话直说。
	我告诉你们自己明知的事实，
	让你们看亲爱的凯撒的伤口，可怜，可怜，喑哑的嘴巴，
	教它们替我说话。但假如我是布鲁图，
	布鲁图是安东尼，那就有一个安东尼
	会激起你们的精神，给凯撒
	每一处伤口都安上一条舌头，
	把罗马的石头也鼓动起来暴动了。
众人	我们要暴动。

平民甲	我们要烧毁布鲁图的房子。
平民丙	那就走,来呀,去找谋逆者。
安东尼	且听我说,同胞们,且听我说。
众人	安静喽,听安东尼说,最高贵的安东尼!
安东尼	咳,朋友们,你们并不知道要去干什么。
	凯撒有哪一点值得你们这般厚爱?
	唉,你们不知道!那我就必须告诉你们:
	你们忘记了我告诉过你们的那份遗嘱。
众人	是呀。遗嘱!咱们等会儿,听听遗嘱。
安东尼	遗嘱在此,盖有凯撒的印记:
	他赠给每一位罗马市民,
	每一个人,七十五枚银币。
平民乙	最高贵的凯撒!我们要为他报仇。
平民丙	啊,至尊的凯撒!
安东尼	请耐心听我说。
众人	安静喽!
安东尼	而且,他还留给你们台伯河此岸
	他全部游乐场、私人园林和新种植的
	果园。他把这些都留给了你们,
	永远留给了你们的子孙,作为
	供你们户外散步消遣的公园。
	有过一位凯撒,何时还会有第二个?
平民甲	不会,永远不会!来呀,走,走!
	我们到圣地去焚化他的遗体,
	然后用火把点燃叛贼们的房子。
	抬起遗体来。
平民乙	去取火种。

平民丙	把木凳拆下来。
平民丁	把木凳、窗扇，不管什么，都拆下来。 众平民抬着尸体下
安东尼	让他们去闹吧。灾祸，你抬脚走路了， 那就随心所欲地去走吧！——

仆人上

	情况怎样，伙计？
仆人	大人，屋大维已到达罗马。
安东尼	他在哪里？
仆人	他和雷必达在凯撒府邸。
安东尼	我要立刻到那里去见他； 他来得正好。幸运之神正高兴呢， 在这种心情下会赐给我们一切的。
仆人	我听他说，布鲁图和卡修斯 疯了似的骑马逃出了罗马城门。
安东尼	很可能他们得到了消息，知道 我煽动了群众。带我去见屋大维。 同下

第三场 / 景同前

罗马，一街道

诗人钦纳上；众平民随后

钦纳	昨夜我梦见和凯撒一起饮宴， 我的想象中充满了不祥的预感。

我本没有意愿要出门闲逛，
却鬼使神差出了门。

平民甲 你叫什么名字？

平民乙 你要去哪儿？

平民丙 你住在哪儿？

平民丁 你是有家室的，还是单身？

平民乙 直截了当，回答每个人的问话。

平民甲 对，简明扼要。

平民丁 对，清楚明白。

平民丙 对，真实不虚，你最好。

钦纳 我叫什么名字？我要去哪儿？我住在哪儿？我是有家室的，还是单身？然后，直截了当、简明扼要、清楚明白、真实不虚回答每个人：清楚明白，我说，我是个单身汉。

平民乙 这就等于说，结婚的人都是糊涂蛋喽。冲这话你得吃我一老拳，恐怕。直截了当接着说。

钦纳 直截了当，我要去参加凯撒的葬礼。

平民甲 以朋友还是敌人的身份？

钦纳 以朋友的身份。

平民乙 这个问题回答得直截了当。

平民丁 你的住处——简明扼要。

钦纳 简明扼要，我住在元老院旁边。

平民丙 你的名字，先生，真实不虚。

钦纳 真实不虚，我名叫钦纳。

平民甲 把他撕成碎片，他是个逆贼。

钦纳 我是诗人钦纳，我是诗人钦纳。

平民丁 撕了他，因为他的诗很烂；撕了他，因为他的诗很烂。

钦纳 我不是逆贼钦纳。

平民丁　　那没关系，他名叫钦纳。就把他的名字从他心里掏出来，
　　　　　然后打发他上路。

平民丙　　撕了他，撕了他！（众人攻击钦纳）来呀，火把，火把！
　　　　　上布鲁图家，上卡修斯家；全都烧掉！一些人上德裘斯
　　　　　家，一些人上卡斯卡家，一些人上利伽瑞尤斯家。走
　　　　　哇！

众平民拖着钦纳下

第四幕

第一场 / 第八景

罗马，一处私宅

安东尼、屋大维与雷必达上

安东尼	这么说，这么多人得死，他们的名字已记下。（展示名单）
屋大维	你兄弟[1]也得死；你同意吗，雷必达？
雷必达	我同意——
屋大维	把他记下，安东尼。
雷必达	条件是普卜力乌斯也不得活，
	他是你姐姐的儿子，安东尼。
安东尼	他不得活；瞧，我用一个污点判决他。
	可是，雷必达，你到凯撒家去；
	把遗嘱拿到这儿来，我们将决定
	如何裁减遗产中的某些开支。
雷必达	什么？我来这儿找你们吗？
屋大维	不在这儿，就在元老院。 雷必达下
安东尼	这是个一无所长的庸人，
	只适合跑腿儿；如今天下三分[2]，
	而他竟然坐享其中之一，
	这合适吗？

1　指卢丘斯·埃米琉斯·泡卢斯（Lucius Aemilius Paulus），布鲁图的支持者之一。

2　凯撒死后，罗马共和国一分为三，分别由三巨头（屋大维、安东尼和雷必达）统治。

屋大维　你这样看他，
　　　　却又在我们决定黑名单上谁应该
　　　　被判处死刑时，采纳他的意见。

安东尼　屋大维，我比你年长几岁。
　　　　虽说为了减轻种种流言的负担，
　　　　我们把这么多荣誉加在这人身上，
　　　　但是他只会像头驴子驮着金子，
　　　　在差事的压迫之下呻吟流汗，
　　　　被牵着或被赶着，走我们指引的路；
　　　　把我们的财宝运到我们要去的地方，
　　　　然后我们卸下他的负担，打发他——
　　　　好像轻松了的驴子——去摇着耳朵
　　　　在公共草场上吃草。

屋大维　你可以按你的意愿办；
　　　　但他是个久经考验的勇敢战士。

安东尼　我的马也是，屋大维，为此
　　　　我给它供应整仓的草料。
　　　　那是个畜生，我训练它搏斗，
　　　　转弯，停步，持续直跑，
　　　　我的精神控制着它身体的运动；
　　　　在某种程度上雷必达也不过如此：
　　　　他必须受教导、训练、驱使；——
　　　　一个精神贫乏的家伙；靠捡拾
　　　　别人用旧玩腻了的过时
　　　　物件儿、玩意儿和仿制品来充时髦。
　　　　只把他当做工具来谈论好了。
　　　　现在，屋大维，留意要紧事。

> 布鲁图和卡修斯正在招兵买马。
> 我们必须马上调集军队。
> 因此，我们要加强联盟，
> 广交朋友，想尽一切办法；
> 我们立即去召开会议，讨论
> 如何最好地揭露潜伏的杀机，
> 如何最妥当地对付公开的危险。

屋大维　　就这么办；我们处境危险，
　　　　　　许多敌人在周围猖猖狂吠，
　　　　　　恐怕还有一些人在心里暗笑，
　　　　　　到处充满了恶意。　　　　　　　　　　　　　　同下

第二场　　/　　第九景

萨底斯[1]附近一营地；布鲁图帐外，后入帐

鼓声起。布鲁图、卢齐琉斯率军队上。提提纽斯和品达如斯与他们相遇

布鲁图　　停止前进！

卢齐琉斯　　传令下去！停止前进！

布鲁图　　怎么，卢齐琉斯，卡修斯就要到了吗？

卢齐琉斯　　他就要来了；品达如斯已经

1　萨底斯（Sardis）：小亚细亚古国利底亚（Lydia）的首都。

代他主人[1]向您致意来了。

布鲁图 他派来个好人。品达如斯，你主人
自己，或受坏下属影响，变了，
这使我有正当理由指望事情
该办，却没办；但如果他就要来了，
那我得听他解释清楚。

品达如斯 我不怀疑
我那高贵的主人会一如既往，
十分小心谨慎，信守盟约。

布鲁图 我并不怀疑他。——跟你说句话，卢齐琉斯，

（布鲁图与卢齐琉斯一旁交谈）

他是怎样接待你的；说给我听听。

卢齐琉斯 倒是客客气气够有礼貌，
但不像从前那样，跟我们
那么亲亲热热，随随便便
无拘无束聊天儿了。

布鲁图 你的话说明
一个热情的朋友变冷淡了。永远记住，卢齐琉斯，
友情开始腐败变质的时候，
总要借用勉强做作的礼仪。
单纯朴素的信义中没有诈巧；
而不实诚的人，就像出发时起劲的马，
显示出勇敢气概和旺盛的精神；

幕内低奏进行曲

但是当需要他们忍耐带血的马刺时，

---

1 即卡修斯。

他们却垂头丧气，好像滥竽充数的驽马

一经考验就趴下。他的队伍就要到了吗？

卢齐琉斯　　他们打算今夜在萨底斯扎营。

大部队，骑兵主力，

都跟卡修斯一起来。

卡修斯率军队上

布鲁图　　听，他到了。

慢速前进，去和他会师。

卡修斯　　停止前进！

布鲁图　　停止前进！传令下去。

兵士甲　　停止前进！

兵士乙　　停止前进！

兵士丙　　停止前进！

卡修斯　　最尊贵的内弟，你冤枉了我。

布鲁图　　请诸神鉴察！我冤枉了我的敌人吗？

如果没有，我又怎会冤枉一个兄弟呢？

卡修斯　　布鲁图，你这种冷静态度掩盖了冤枉，

当你冤枉——

布鲁图　　卡修斯，冷静些，

把你的不满慢慢道来；我很了解你。

在这里，我们两支军队的眼前——

他们只应该感受到我们的友爱——

咱们别吵嘴。命令他们开远点儿；

再到我营帐里，卡修斯，发泄你的不满，

我会洗耳恭听。

卡修斯　　品达如斯，

吩咐咱们的将校把队伍从这儿

        拉远一点儿。

布鲁图　　卢齐琉斯，你也照样办，在我们会谈
　　　　　结束前，别让人走近我们的营帐。
　　　　　让卢丘斯和提提纽斯为我们守门。

　　　　　　　　　　　　众人下。布鲁图与卡修斯留场

卡修斯　　（两人入帐）你对我的冤枉表现如下：
　　　　　你责罚并且羞辱了卢丘斯·佩拉，
　　　　　因为他收受本地萨底斯人的贿赂；
　　　　　我写信在这件事上替他求情，
　　　　　因为我了解此人，你却不理睬。

布鲁图　　你写这封信是自己冤枉自己。

卡修斯　　现在这样的时候就不应该
　　　　　对每桩细小的过失查办过苛。

布鲁图　　我告诉你吧，卡修斯，你自己
　　　　　就犯下了不少贪赃枉法、
　　　　　卖官鬻爵给不应得者
　　　　　之类的勾当。

卡修斯　　我，贪赃枉法？
　　　　　你知道，说这话的是你布鲁图，否则，
　　　　　诸神在上，这就是你最后一句话了。

布鲁图　　卡修斯这名字给这种腐败增光，
　　　　　所以惩罚也就缩起了脑袋。

卡修斯　　惩罚？

布鲁图　　记得三月，记得三月十五吧：
　　　　　伟大的尤力乌斯不是由于正义而流血了吗？
　　　　　哪个恶棍触犯了他的身体，刺杀他，
　　　　　不是为了正义？什么？难道我们中

　　　　　有谁刺杀这全世界的头号人物
　　　　　只是为了扶助盗贼，我们现在应该
　　　　　让卑贱的贿赂污染我们的手指吗？
　　　　　大块出卖我们的大好名誉
　　　　　以换取这么多可以满把抓的垃圾 [1] 吗？
　　　　　我倒宁愿当一条吠月的狗，
　　　　　也不做这样的罗马人。

卡修斯　　布鲁图，别对我吠，
　　　　　我不会忍受的。你忘了自己是在
　　　　　给我加框框。我是个军人，我，
　　　　　比你更老练，在谋划决策方面
　　　　　比你更能干。

布鲁图　　去你的；你不行，卡修斯。

卡修斯　　我行。

布鲁图　　我说你不行。

卡修斯　　别再逼我，我会忘情失态的；
　　　　　多保重你的身体；别再惹我。

布鲁图　　滚，小人！

卡修斯　　岂有此理？

布鲁图　　听着，我有话要说。
　　　　　我必须对你的怒火容忍让步吗？
　　　　　我会被一个疯子瞪眼吓住吗？

卡修斯　　诸神啊，诸神，我必须忍受这一切吗？

布鲁图　　这一切？不，还有呢，烦到你骄傲的心碎掉。
　　　　　去让你的奴隶们看你有多生气，

---

1 垃圾：指金钱。

	让你的仆人们发抖吧。我得退让吗？
	我得听你的吗？我得站在、蹲在
	你的暴脾气之下吗？诸神在上，
	你得咽下你脾脏 [1] 分泌的毒液，
	尽管它把你憋炸了；因为，从今天起，
	我要用你来开心，对，来逗笑，
	每当你发怒的时候。
卡修斯	到这地步了吗？
布鲁图	你说你是个更好的军人：
	就算是吧；让你的夸口成真，
	那我就心满意足了。至于我嘛，
	我乐意领教高贵之人的见解。
卡修斯	你处处都冤枉我；你冤枉我，布鲁图。
	我说过更老练的军人，不是更好的。
	我说过"更好"吗？
布鲁图	即便你说过，我也不在乎。
卡修斯	凯撒活着时，他都不敢这样惹我。
布鲁图	住嘴，住嘴，是你不敢这样惹他。
卡修斯	我不敢？
布鲁图	不敢。
卡修斯	什么？不敢惹他？
布鲁图	要你命你也不敢。
卡修斯	不要过分倚仗我的友情，
	我可能会干出令我懊悔的事来。
布鲁图	你已经干出了你应该懊悔的事了。

---

1 脾脏：过去西方人认为脾脏是强烈情绪的发源处。

你的威胁，卡修斯，毫不可怕；
正直把我武装得如此强大，
你的威胁像一阵懒散的风吹过，
我理都不理。我曾派人去向你
通融一笔黄金，你拒绝了我，
因为我不会以邪门歪道敛财。
老天在上，我宁愿用我的心铸钱，
用我的血换钱，也不情愿以任何
不正当手段从农民艰难的手中
榨取微薄的财物。我曾派人
向你借黄金给我的军团发饷，
你拒绝了我。这像卡修斯做的事吗？
我应该如此答复卡尤斯·卡修斯吗？
马尔库斯·布鲁图若变得如此贪婪，
锁紧臭钱，不给朋友分享，
诸神啊，就请准备好你们的霹雳，
把他击个粉碎！

卡修斯　　我没有拒绝你。

布鲁图　　你拒绝了。

卡修斯　　我没有。替我捎回信的家伙简直
　　　　　　是个笨蛋。布鲁图撕裂了我的心。
　　　　　　一个朋友应容忍朋友的缺点；
　　　　　　布鲁图却把我的缺点夸大。

布鲁图　　在你对不起我之前，我没有。

卡修斯　　你不喜欢我。

布鲁图　　我不喜欢你的过失。

卡修斯　　朋友的眼睛绝看不见这种过失。

布鲁图	马屁精的眼睛才看不见，哪怕那过失 像高耸的奥林匹斯山一样高大。
卡修斯	来吧，安东尼，年轻的屋大维，来吧， 你们只来找卡修斯一个人报仇吧， 因为卡修斯已经厌倦了这世界； 被他所爱的人憎恨，被兄弟污蔑， 像奴隶似的被责骂，过失都被明察， 记在本子里，背得滚瓜烂熟， 再丢进我嘴里。啊，我都能把魂灵 从双眼中哭出来！这是我的匕首； 这儿是我袒露的胸膛，里面是我的心， 比财神¹的矿藏更富有，比金子更贵重。 你要真是个罗马人，就把它掏出来。 我拒绝给你黄金，就把心给你： 就像你刺凯撒那样刺吧；我知道， 你最恨他的时候，也爱他胜过 爱卡修斯。
布鲁图	收起你的匕首。 你爱发火就发吧；随你的便， 你失态，我只当是你情绪不佳。 哦，卡修斯，你与一只羔羊²为伍， 他就像燧石带火般带着怒气， 受强烈刺激，才迸出短暂火花， 又很快冷下来。

1　财神：名普路同（Pluto），居于冥界。
2　羔羊：布鲁图自比，意谓自己性情温和。

卡修斯	难道卡修斯活在世上， 只是在他受冤枉和发脾气时 给布鲁图当话柄笑料的吗？
布鲁图	说那话的时候，我的脾气也不好。
卡修斯	你算认错了吗？把你的手给我。
布鲁图	还有我的心。（两人拥抱）
卡修斯	呵，布鲁图！
布鲁图	怎么啦？
卡修斯	我从娘胎里带出来的急脾气令我 丧失理智时，你就没有足够的爱 可以忍耐我吗？
布鲁图	我有，卡修斯，今后， 你对布鲁图过分认真的时候， 他权当你母亲在骂人，而就此作罢。

一诗人与卢齐琉斯和提提纽斯上

诗人	让咱进去面见二位将军。 他们之间有些怨气；让他们 单独在一起不合适。
卢齐琉斯	你不能见他们。
诗人	除非一死，什么也挡不住咱。
卡修斯	怎么啦？什么事情？
诗人	真可耻，诸位将军！你们想干吗？ 像这样两个人该做的，握手言欢吧； 我肯定，我比你们多活了几年啦。
卡修斯	哈，哈！这老夫子[1]押韵押得多糟糕呀！

---

1 老夫子：原文 cynic，原义为古希腊犬儒派哲学信徒，以摒弃世俗快乐、愤世嫉俗为特征。此处意谓吹毛求疵者。

布鲁图	走开，老兄；没礼貌的家伙，走开！
卡修斯	别介意他，布鲁图，他就这做派。
布鲁图	要是他识时务，我就容忍他的怪癖。
	这种作歪诗的小丑对战争有什么益处呢？
	伙计，滚开！
卡修斯	走吧，走吧，快去！ 诗人下
布鲁图	卢齐琉斯、提提纽斯，吩咐
	诸位将校准备今夜宿营。
卡修斯	然后你们俩，带上梅撒拉一起
	马上来见我们。 卢齐琉斯与提提纽斯下
布鲁图	（呼唤）卢丘斯，拿碗酒来！
卡修斯	我想不到你会这么生气。
布鲁图	哦，卡修斯，我被许多烦恼伤透了。
卡修斯	假如你竟屈服于偶然的不幸，
	那你就没有应用你的哲学[1]。
布鲁图	没有谁比我更能承受悲伤了。波提娅死了。
卡修斯	啊？波提娅？
布鲁图	她死了。
卡修斯	我真该死，竟然那样刺激你！
	啊，无法忍受、令人痛心的损失！
	她得了什么病？
布鲁图	受不了我不在眼前，
	加上担忧年轻的屋大维和安东尼
	力量已壮大——这消息和她的死讯

---

1 哲学：一般认为此处是指斯多葛派哲学，该派崇尚面对困难时坚忍不屈的态度，但据普卢塔
　 克说，布鲁图是柏拉图派哲学信徒。

	一起到来——她因此精神失常了， 趁仆人不在的时候，吞了火炭。
卡修斯	就这样死了？
布鲁图	就这样。
卡修斯	哦，不死的诸神哪！

侍童卢丘斯端酒秉烛上

布鲁图	别再提她了。给我一碗酒。卡修斯， 我把所有的恶气都埋在这酒里。（饮酒）
卡修斯	我的心渴望那高贵的祝酒。 斟酒，卢丘斯，直到美酒溢出杯外；（饮酒） 我饮也饮不够布鲁图的友爱。

卢丘斯下

提提纽斯与梅撒拉上

布鲁图	进来，提提纽斯。欢迎，好梅撒拉。 现在我们来围着这烛火坐下， 讨论商议我们的危急处境。（他们坐下）
卡修斯	波提娅，你走了吗？
布鲁图	别再说了，求你。—— 梅撒拉，我这里收到一些信件，（展示信件） 称年轻的屋大维和马克·安东尼 率领大军前来进攻我们， 正迅速向菲利皮[1]方向推进。
梅撒拉	我也收到了同样内容的信函。
布鲁图	还说些什么？
梅撒拉	屋大维、安东尼和雷必达 通过判决和宣布违法，

1 菲利皮：马其顿一城市。

	已经处死了一百位元老。
布鲁图	在这一点上我们的信不完全一致；
	给我的信上说，有七十位元老被他们
	判处了死刑，西塞罗是其中之一。
卡修斯	西塞罗是其中之一？
梅撒拉	西塞罗死了，
	就是那一道命令宣判的。
	您收到主母的信了吗，主公？
布鲁图	没有，梅撒拉。
梅撒拉	您收到的信里也没有提到她吗？
布鲁图	没有，梅撒拉。
梅撒拉	这，我觉得，很奇怪。
布鲁图	你为什么要问？你在信里听到她的消息了吗？
梅撒拉	没有，主公。
布鲁图	喂，你是个罗马人，该对我说实话。
梅撒拉	那就请以罗马人的气概，承受我说的实话：
	她确实死了，死的方式很奇特。
布鲁图	唉，永别了，波提娅。我们都得死，梅撒拉。
	沉思默想她终有一死，
	我现在就有毅力忍受了。
梅撒拉	大人物就应该像这样忍受大损失。
卡修斯	我可以表现得和你一样镇定，
	但我的天性却无法如此承受。
布鲁图	好啦，回到我们眼前的事务上来。
	你认为立即进军菲利皮如何？
卡修斯	我认为不妥。
布鲁图	你的理由？

卡修斯	是这样的：
	最好让敌人寻找我们；如此，
	他将耗费资粮，疲敝将士，
	自伤元气，而我们，以逸待劳，
	养精蓄锐，常备不懈，机动灵活。
布鲁图	好的理由必须让位给更好的：
	居于菲利皮与此地之间的人民
	只不过是被迫站在我们这边，
	他们对我们的征敛心怀怨恨。
	敌军一路从他们中间穿过，
	将会得到充足的兵员补充，
	休整，壮大，士气高涨而来；
	我们若在菲利皮那边迎击他，
	把这些人挡在背后，就可以切掉
	他的这一优势。
卡修斯	听我说，好兄弟。
布鲁图	请听我说完。此外你必须注意到
	我们的朋友经过了最大的考验，
	军团兵多将广，事业已成熟：
	敌人每天都在增长壮大；
	我们，处于巅峰，即将衰落。
	纷纭的人事当中有一股潮流，
	赶上了势头，就会通向成功；
	如果错过了，一生整个前程
	就注定陷于浅滩和悲惨之中。
	我们现在就漂浮在这样一片
	汪洋上，必须及时抓住潮流，

	否则会失去一切。
卡修斯	那就照你的意思办；
	我们主动出兵，到菲利皮迎击他们。
布鲁图	不知不觉我们已谈到深夜。
	天性必须服从需要，
	我们应该小憩片刻。
	没有话要说了吧。
卡修斯	没有了。晚安。
	明天一早我们就起身，出发。

卢丘斯上

布鲁图	卢丘斯！我的睡袍。—— 　　　　　　　　　卢丘斯下
	再见，好梅撒拉。——
	晚安，提提纽斯。——高贵又高贵的卡修斯，
	晚安，睡个好觉。
卡修斯	啊，我亲爱的兄弟。
	今晚的开头不怎么好。这样的分歧
	再也别介入我们的灵魂之间了！
	永远不要，布鲁图。

卢丘斯执睡袍上

布鲁图	一切都很好。
卡修斯	晚安，主公。
布鲁图	晚安，好兄长。
	提提纽斯、梅撒拉　晚安，布鲁图大人。
布鲁图	再见，诸位。 　　　　　卡修斯、提提纽斯与梅撒拉下
	把睡袍给我。你的乐器[1]呢？

---

1 乐器: 也许是琵琶。

卢丘斯	在这营帐里。
布鲁图	怎么，你打着瞌睡说话吗？
	可怜的小子，我不怪你，你太缺觉了。
	去叫克劳迪欧和别的什么人来，
	我要让他们睡在我帐里的垫子上。
卢丘斯	（呼唤）瓦如斯和克劳迪欧！

瓦如斯与克劳迪欧上

瓦如斯	主公召唤我们吗？
布鲁图	伙计们，请你们睡在我的帐篷里；
	过会儿可能我会叫醒你们
	去到我兄长卡修斯那里公干。
瓦如斯	遵命，我们就站着等您的吩咐。
布鲁图	我可不愿意这样。躺下，好伙计们，
	也可能我会临时改变主意。（瓦如斯与克劳迪欧躺下）
	瞧，卢丘斯，这就是我一直在找的书，
	我把它放在了我的睡袍口袋里。
卢丘斯	我肯定老爷您就不曾把它给我嘛。
布鲁图	原谅我，好小伙子，我太健忘了。
	你能否把沉重的眼皮强撑一会儿，
	用你的乐器弹奏一两支曲子？
卢丘斯	欸，老爷，如果您喜欢的话。
布鲁图	我喜欢，小伙子。
	我麻烦你太多，但你任劳任怨。
卢丘斯	是我应该做的，老爷。
布鲁图	我不应该强迫你过度劳累；
	我知道年轻人需要时间多休息。
卢丘斯	我已经睡过了，老爷。

布鲁图　　　　那好极了，你可以再去睡会儿；

我不会耽搁你很久。如果能活下去，

我会善待你的。

音乐和歌声起，*卢丘斯睡去*

这是催眠的曲调。——凶恶的睡神呦！

我的小伙子在为你奏乐，你却用

铅铸的刑杖压在他身上吗？——乖孩子，

晚安！我真不忍心把你叫醒。

你要是一侧歪，会把乐器弄坏，

我来把它拿开；好小伙子，晚安。（拿开乐器；读书）

让我想想，我想想；我读到的那页书

难道没有折角吗？是这儿，我想。

凯撒的鬼魂上

这烛光怎么这么暗！哈？谁来啦？

我想，大概是我的眼睛昏花，

才会弄出这怪异可怖的幻影。

它向我扑来了。你是什么东西？

你是神，是仙，还是什么魔鬼？

使我的血液冷却，毛发直竖。

告诉我你是什么。

鬼魂　　　　你的冤鬼，布鲁图。

布鲁图　　　　你来干什么？

鬼魂　　　　来告诉你，你在菲利皮会见到我。

布鲁图　　　　好。那么说，我会再见到你了？

鬼魂　　　　对，在菲利皮。

布鲁图　　　　那好，到时我会在菲利皮见你。　　　　*鬼魂下*

一旦我鼓起勇气来，你就消失了。

冤鬼，我倒是愿意跟你多谈谈呢。——
来人，卢丘斯！瓦如斯！克劳迪欧！
伙计们，醒醒！克劳迪欧！

卢丘斯　　老爷，琴弦音不准了。

布鲁图　　他以为他还在弹琴呢。——
卢丘斯，醒醒！

卢丘斯　　老爷？

布鲁图　　你做梦了吗，卢丘斯，那么大声喊？

卢丘斯　　老爷，我不知道我刚才喊了。

布鲁图　　你确实喊了。你看见什么东西了吗？

卢丘斯　　没有，老爷。

布鲁图　　接着睡吧，卢丘斯。克劳迪欧老兄！
（对瓦如斯）你这家伙，醒醒！

瓦如斯　　主公？

克劳迪欧　　主公？

布鲁图　　伙计们，你们为什么都在睡梦里大喊？

瓦如斯、克劳迪欧　我们喊了吗，主公？（两人起身）

布鲁图　　对。你们看见什么了吗？

瓦如斯　　没有，主公，我什么也没看见。

克劳迪欧　　我也没有，主公。

布鲁图　　去向我的兄长卡修斯致意；
让他在凌晨时分先行进军，
我们随后跟来。

瓦如斯、克劳迪欧　遵命，主公。　　　　　　　　　同下

第 五 幕

第一场 / 第十景

菲利皮附近

屋大维与安东尼率军队上

屋大维　　嗒，安东尼，我们的祈愿已应验。

你说过敌人不会下来，而会

坚守山包和高地。结果并非

如此：他们的队伍触手可及；

他们意图在菲利皮这儿挑战，

抢在我们前面先下手为强。

安东尼　　咄，我清楚他们的心思，我知道

他们为什么这样做。他们倒宁愿

去别的地方，却装出大无畏的样子

跑下来，以为用这种表面功夫

就可以使我们相信他们有勇气；

但实情并非如此。

一信差上

信差　　将军们，请准备好。

敌人耀武扬威地猛扑过来了；

他们打出了血染的战斗旗号；

必须立即采取对策手段了。

安东尼　　屋大维，率领你的人马

悄悄迂回到平原左边去。

屋大维	我去右边，你守着左边。
安东尼	在这危急关头你为什么要跟我对着干？
屋大维	我不是跟你对着干；而是要这么干。（行进）

鼓声起。布鲁图、卡修斯率包括卢齐琉斯、提提纽斯、梅撒拉等在内的军队上

布鲁图	他们停住了，也许想要谈判。
卡修斯	压住阵脚，提提纽斯；我们得出去谈谈。
屋大维	马克·安东尼，我们要不要发出战斗号令？
安东尼	不，凯撒，我们等他们进攻再反击。
	走上前去，将军们要交谈几句。
屋大维	（对其将校）没有号令勿动。
布鲁图	先谈后打；对吧，同胞们？（双方军队相向行进）
屋大维	我们可不像你那样更喜欢说。
布鲁图	好说胜过烂打，屋大维。
安东尼	布鲁图，你总是一边烂打，一边说好话；
	瞧你在凯撒心窝戳出的洞
	就高喊着："凯撒万岁！万福！"
卡修斯	安东尼，
	你要摆什么架势来打还不清楚；
	但是你的话却沾满偷来的蜜，
	让蜜蜂都没了蜜。
安东尼	难道也没了刺？
布鲁图	哦对，也没了声音；
	因为你偷了它们的嗡嗡声[1]，安东尼，
	你在蜇人前很聪明地发出威胁。
安东尼	恶贼！你们邪恶的匕首一把接一把

1　嗡嗡声（buzzing）：又有传播谣言的含义。

扎进凯撒胁下时，你们倒不这样做。
你们猴子似的露齿谄笑，狗似的摇尾讨好，
奴隶似的卑躬屈膝，亲吻凯撒的脚；
同时该死的卡斯卡就像条野狗，从背后
刺中凯撒的脖子。哦，你们这班佞贼！

卡修斯　　佞贼？得，布鲁图，都怪你自己；
假使当初听了卡修斯的话，
这舌头今天就不会这么讨厌了。

屋大维　　喂，喂，说正事儿。如果打嘴仗使我们流汗，
要证实真伪就会变成流血。
看，我冲着逆贼拔出了剑；（拔剑）
你们认为这把剑何时再入鞘？
永不，除非凯撒的三十三处伤口
都复了仇；或者另一位凯撒 [1]
也同样死在叛贼的屠刀之下。

布鲁图　　凯撒，你不可能死于叛贼之手，
除非你长着这么一双手。

屋大维　　我希望如此；
我生来不是要死在布鲁图的剑下的。

布鲁图　　哦，即便你是你们家族中最高贵者，
年轻人，你也不会死得更光荣了 [2]。

卡修斯　　一个坏脾气的小学童，不配这光荣，
还跟一个爱胡闹的小丑为伍！

安东尼　　老卡修斯闭嘴！

1　另一位凯撒：屋大维·凯撒自称。
2　意谓没有什么比死在布鲁图剑下更光荣了。

屋大维	安东尼，咱们走！
	叛贼们，我们当面向你们挑战。
	今天你们要敢打，就上战场来；
	要不敢，就等你们有胆量的时候。

屋大维与安东尼率军队下

卡修斯	好，现在就刮风、起浪、行船！
	风暴起来了，全都投下了赌注。
布鲁图	喂，卢齐琉斯，听着，跟你说句话。

卢齐琉斯与梅撒拉出列

卢齐琉斯	主公。（布鲁图与卢齐琉斯一旁交谈）
卡修斯	梅撒拉！
梅撒拉	将军有何吩咐？
卡修斯	梅撒拉，
	今天是我的生日；就是在这一天
	卡修斯出世。把手伸过来，梅撒拉。
	你做我见证人：我——像庞培一样 [1]——
	违背己愿，被迫拿我们所有人的
	自由作赌注，都押在一场战役上。
	你知道，我从前坚信伊壁鸠鲁 [2]
	及其主张；现在我改变了看法，
	有点儿相信预示吉凶的征兆了。
	从萨底斯来的路上，有两只大雕
	从天而降，栖止在我们的大纛旗上，

---

1 庞培于公元前 48 年被迫在法萨卢斯与凯撒决战，实情非得已。

2 伊壁鸠鲁（前 341—前 270）：古希腊唯物主义哲学家，认为诸神不干预人事，因此征兆与事实无关。

从士兵手上狼吞虎咽地啄食，

一直随我们来到菲利皮这里。

今晨它们飞走了，一去不还，

代替它们的是渡鸦、乌鸦和鸢 [1]

在我们头顶上盘旋，俯视着我们，

好像我们是病弱的猎物。它们的

影子仿佛是大凶的篷盖，下面

是我们的军队，随时会魂消魄散。

梅撒拉　　我不信这个。

卡修斯　　我也只是半信，

因为我精神抖擞，下定决心

坚定不移地迎接一切危险。

布鲁图　　就这样吧，卢齐琉斯。（走向卡修斯）

卡修斯　　喏，最高贵的布鲁图，

但愿今天诸神友善，咱俩好朋友

就可以过太平日子，一直到老了！

但是，既然人事总是不确定，

咱们就不妨来做最坏的打算吧。

假如我们打败了，那么这就是

咱们最后一次在一起谈心了：

那么你已经决定要怎么办了吗？

布鲁图　　我曾经借用那种哲学 [2] 原则

谴责卡托 [3] 的自杀行为——我不知

1　这些鸟都被视为不祥之兆。

2　指斯多葛派哲学。

3　卡托：布鲁图的岳父马尔库斯·波尔齐乌斯·卡托，庞培的盟友，在庞培战败后自杀。

                    为什么，但我觉得，由于害怕
                    遭遇不测，就截短生命的时限，
                    那是懦弱和可鄙的；就凭借那原则，
                    我用坚忍把自己武装起来，
                    以等待统治我们下界众生的
                    上天诸神的意旨。
卡修斯   那么说，假如我们战败了，
                    你乐意被得胜者当做俘虏牵着
                    走过罗马的大街小巷喽？
布鲁图   不，卡修斯，不。你这高贵的罗马人，
                    别以为布鲁图会披枷戴锁去罗马；
                    他的心气太高傲了。但今天必须
                    结束三月十五肇始的事端。
                    我们是否会再见，我不知道；
                    所以我们就此互道永别吧：
                    永远，永远，别了，卡修斯！
                    要我们能再见，哈，我们将微笑；
                    要不能，那，此次分手也尽欢了。
卡修斯   永远，永远，别了，布鲁图！
                    要我们能再见，我们定将微笑；
                    要不能，此次分手的确尽欢了。
布鲁图   嗨，那就走吧。啊，但愿可以
                    事先知道今日之事的结局！
                    但白天将结束，结局也就知道了，
                    这就够了。来呀，出发！   同下

第二场 / 景同前

菲利皮附近战场
警号声。布鲁图与梅撒拉上

布鲁图　　　　上马，上马，梅撒拉，快上马，
　　　　　　　　（递过书面指令）把这些指令送到那边的军团去。

警号声大作

　　　　　　　　让他们立即进攻；因为我看出
　　　　　　　　屋大维所率右翼士气低落，
　　　　　　　　一个突袭就能把他们打垮。
　　　　　　　　快跑，快跑，梅撒拉，让他们全军出击。　　　　　*同下*

第三场 / 景同前

警号声。卡修斯与提提纽斯上

卡修斯　　　　啊，瞧，提提纽斯，瞧，那些混蛋[1]在逃跑！
　　　　　　　　我自己变成了自己人的敌人。
　　　　　　　　我这位掌旗兵正要掉头逃走，
　　　　　　　　我杀了这胆小鬼，从他手里接过了帅旗。
提提纽斯　　　哦，卡修斯，布鲁图下令太早，

1　混蛋：指卡修斯自己的部下。

他看屋大维有些便宜可占，
操之过急。他的兵在抢战利品，
我们却被安东尼全面包围了。

品达如斯上

品达如斯　　　跑远一点儿，老爷，跑远一点儿；
马克 · 安东尼在您的营帐里，老爷；
所以快跑，高贵的卡修斯，跑得远远儿的。

卡修斯　　　这小山包已经够远了。看，看，提提纽斯，
我看见那起火的地方是我的营帐吗？

提提纽斯　　是的，主公。

卡修斯　　　提提纽斯，你要是爱戴我的话，
就骑上我的马，用马刺驱使它快跑，
把你驮到远处的队伍那边，
然后再回到这儿，好让我确知
那边的队伍到底是友是敌。

提提纽斯　　我一会儿就回来。　　　　　　　　　　下

卡修斯　　　去，品达如斯，爬上那山包高处，
我眼神不好；盯着点儿提提纽斯，
告诉我你在战场上看到了什么。（品达如斯登上高处）
这天我开始有气儿[1]。时间又转回来了；
我在哪里开始，就将在哪里结束；
我的生命跑完了一圈。——伙计，有什么消息？

品达如斯　　哦，老爷！（在高台）

卡修斯　　　什么消息？

品达如斯　　提提纽斯被一群骑兵

1　意谓今天是我的生日。

团团围住了，他们正朝他猛扑过去，

可他还接着跑。现在他们快追上他了。

快，提提纽斯！现在有人下马了。哦，他也下马了。

他被抓住了。听，他们在欢呼。（欢呼声）

卡修斯　　　下来吧，别再看啦。（品达如斯下来）

啊，我是个懦夫，活得这么久，

眼看我最好的朋友在我面前被捕！

品达如斯上

到这儿来，伙计。

在帕提亚¹我把你生擒活捉，当时

我让你发了誓，饶了你的性命，

你说无论我叫你干什么，你都会

尽力。现在来，履行你的誓言！

现在你是自由人了，用这把曾穿透

凯撒肚子的好剑，刺进这胸膛吧。

别犹豫，别答话；给，接住这剑柄，（品达如斯接过剑）

我把脸蒙上时，就像现在这样，（蒙住脸）

你就用剑刺。——凯撒，你的仇报啦，

还是用刺杀你的剑。（品达如斯刺死他）

品达如斯　　那么，我自由了；我要敢照自己的意思办，

还不会有这结果呢。哦，卡修斯，

品达如斯要远远逃离这个国家，

到罗马人永远找不到他的地方去。　　　　　　　　下

提提纽斯与梅撒拉上，提提纽斯头戴桂冠

梅撒拉　　　不过是互有得失，提提纽斯；

1　帕提亚：今伊朗北部。

屋大维被高贵的布鲁图的大军打垮了，
一如卡修斯的军团被安东尼击溃了。

提提纽斯　这消息会给卡修斯很大鼓舞。

梅撒拉　你是在哪儿离开他的？

提提纽斯　愁眉苦脸的，
跟他的奴隶品达如斯一起，在这山上。

梅撒拉　那躺在地上的不就是他吗？

提提纽斯　他躺在那儿不像是活着。啊，我的心！

梅撒拉　不是他吧？

提提纽斯　是，是他，梅撒拉，
可是卡修斯没气儿了。——啊，夕阳，
就像你今晚在红霞中间沉落，
卡修斯在他的赤血中间倒下！——
罗马的太阳落了。我们的白天逝去了，
乌烟、瘴气和危险来临；我们的事业完蛋啦！
他不相信我能成功才干出了这种事。——

梅撒拉　不相信有好结果导致了这种事。
啊，可恨的错误，忧郁的产儿，
你为什么要给人们轻信的思想
看那些不存在的景象[1]？啊，错误，
你过早投胎，从不会幸福地降生，
而只会杀死孕育你的母亲[2]！

提提纽斯　怎么，品达如斯？你在哪儿，品达如斯？

梅撒拉　去找他，提提纽斯，同时我去见

1　意谓提提纽斯被擒的假象。
2　意谓忧郁的心灵。

> 高贵的布鲁图，把这报告捅进
> 他的耳朵里；我不妨说"捅进"，
> 因为这消息对于布鲁图的耳朵
> 将好比是锋利的钢刀和浸毒的尖矛
> 那样难以消受。

提提纽斯　快去吧，梅撒拉，
同时我去找找品达如斯。——　　　　　　　*梅撒拉下*
您为什么派我出去，勇敢的卡修斯？
难道我不曾遇见您的朋友？难道他们
不曾把这胜利花环戴在我头上，
让我捎给您？难道您不曾听见他们的欢呼？
哎呀，您误解错判了一切。
不过且稍等，这花环您戴在头上；*（把花环给他戴上）*
布鲁图让我把它给您，我
必须遵命照办。——布鲁图，快来呀，
看我怎样敬待卡尤斯·卡修斯。——
诸神啊，请恩准！这是罗马人的本分。——
来吧，卡修斯的剑，刺穿提提纽斯的心。*（自刺，死）*

警号声。布鲁图、梅撒拉、小卡托、斯特拉托、沃伦纽斯与卢齐琉斯上

布鲁图　在哪儿，在哪儿，梅撒拉，他的遗体在哪儿？

梅撒拉　看，那边儿，提提纽斯正在哀悼。

布鲁图　提提纽斯的脸朝上呢。

卡托　他被杀了。

布鲁图　啊，尤力乌斯·凯撒，你依然强大！
你的幽灵到处游荡，把我们的剑
转向我们自己的肚肠。*（低沉的警号声）*

卡托　勇敢的提提纽斯！

|布鲁图|瞧他有没有给死去的卡修斯戴花环！|

布鲁图　　　瞧他有没有给死去的卡修斯戴花环！
　　　　　　　活着的还有两个像这样的罗马人吗？——
　　　　　　　所有罗马人中最后一位，永别了！
　　　　　　　罗马再也不可能孕育出你这等
　　　　　　　好汉。——朋友们，我欠这位死者
　　　　　　　眼泪比你们看见我付出的要多。——
　　　　　　　我会有时间，卡修斯；我会有时间的。——
　　　　　　　那就来，把他的遗体送到塔索斯[1]；
　　　　　　　不要在我们营地为他办丧事，
　　　　　　　以免动摇军心。——卢齐琉斯，来，
　　　　　　　来，年轻的卡托，咱们去战场上，
　　　　　　　拉比欧和弗拉维尤斯，率队前进。
　　　　　　　现在三点钟，罗马人，天黑之前
　　　　　　　我们再打一仗试试运气。　　　　　众人抬着尸体下

第四场　　/　　景同前

警号声。布鲁图、梅撒拉、小卡托、卢齐琉斯与弗拉维尤斯上

布鲁图　　　挺住，同胞们！挺住啊，昂起头来！

　　　　　　　　　　　且战且下，梅撒拉与弗拉维尤斯随下

卡托　　　　哪个杂种不昂头？谁愿跟我去？

1　塔索斯：爱琴海北部岛屿，距菲利皮不远。

我要在战场上宣扬我的名字。

喂，我是马尔库斯·卡托[1]之子！

乃是暴君的敌人，祖国的朋友。

喂，我是马尔库斯·卡托之子！

众兵士上，格斗

卢齐琉斯　　我是布鲁图，马尔库斯·布鲁图，我！

布鲁图，祖国的朋友；认得我布鲁图吧！（小卡托倒地）

啊，年轻而高贵的卡托，你倒下了吗？

咳，你死得像提提纽斯一般英勇；

作为卡托之子，你将会受尊崇。

兵士甲　　（对卢齐琉斯）投降吧，不然就受死。

卢齐琉斯　　我投降就是为图一死；

你们有充足的[2]理由立刻杀死我：（拿出钱？）

杀了布鲁图吧，杀死他赢得光荣。

兵士甲　　我们不能杀。一个高贵的俘虏！

安东尼上

兵士乙　　喂，让开！禀告安东尼，布鲁图被抓住了。

兵士甲　　我来报告这消息。将军过来了。

布鲁图被抓住了，布鲁图被抓住了，大人！

安东尼　　他在哪儿？

卢齐琉斯　　很安全，安东尼，布鲁图安全得很。

我敢向你保证，没有哪个敌人

会生擒活捉高贵的布鲁图；

1　即波提娅的父亲。由此可知小卡托是布鲁图的内弟。

2　充足的（so much）：字面义是"这么多"。卢齐琉斯或是给士兵贿赂，要他们杀死他，或是指杀死布鲁图会赢得极大荣誉。他这样做是为了迷惑敌人，保护布鲁图。

诸神保佑他免受这么大的耻辱！
要是你找得到他，无论死活，
他都会像布鲁图，像他自己。

安东尼 （对兵士甲）这不是布鲁图，朋友，但我向你保证，
奖赏一点儿不少。保证此人安全，
好生待他；我宁愿拿这种人
当朋友而不是敌人。继续前进，
弄清布鲁图的下落，是死是活，
然后到屋大维营帐中向我们报告
发生的一切情况。　　　　　　　　众人下

第五场 ／ 景同前

布鲁图、达达纽斯、克利图斯、斯特拉托与沃伦纽斯上

布鲁图 来，可怜的残朋剩友，在这岩石上歇会儿。（坐下）

克利图斯 斯塔提琉斯打了火把信号，可是，主公，
他没有回来。他不是被擒就是被杀了。

布鲁图 你坐下，克利图斯；杀，说得对，
这是件时髦事儿。你听着，克利图斯。（耳语）

克利图斯 什么，我，主公？不，说什么也不行。

布鲁图 那就闭嘴，别说了。

克利图斯 我宁可杀了我自己。

布鲁图 你听着，达达纽斯。（耳语）

达达纽斯	我必须干这种事吗？
克利图斯	哦，达达纽斯！
达达纽斯	哦，克利图斯！
克利图斯	布鲁图对你提出什么为难的要求？
达达纽斯	让我杀死他，克利图斯。瞧，他在沉思。
克利图斯	此刻那高贵的器皿[1]盛满了忧伤，
	甚至都从他眼睛里溢了出来。
布鲁图	到这儿来，好沃伦纽斯；听我一句话。
沃伦纽斯	主公说什么？
布鲁图	咳，是这样，沃伦纽斯：
	凯撒的鬼魂曾在夜里对我
	显现过两回；一回是在萨底斯，
	昨夜这回，就在菲利皮这战场上。
	我知道我的大限到了。
沃伦纽斯	不是这样的，主公。
布鲁图	不，我确信是的，沃伦纽斯。
	你看这世界，沃伦纽斯，在怎样运转；
	敌人把我们赶到了陷坑[2]边缘。（低沉的警号声）
	我们自己跳下去比等他们
	来推我们更体面。好沃伦纽斯，
	你知道，我们俩曾经一起求学；
	看在我们旧日的情分上，我求你，
	握住我的剑柄，等我扑上去。
沃伦纽斯	这可不是朋友该干的，主公。

1 指布鲁图。
2 陷坑（pit）：又有墓穴的含义。

警号声依旧

克利图斯　　快逃，快逃，主公，这里可耽搁不得。——

布鲁图　　　（依次招呼克利图斯、达达纽斯、沃伦纽斯与斯特拉托）

　　　　　　　你多珍重，还有你，还有你，沃伦纽斯。——

　　　　　　　斯特拉托，这会儿你一直在睡觉；

　　　　　　　你也珍重，斯特拉托。——同胞们，

　　　　　　　我的心很快慰，在我一生当中，

　　　　　　　我才发现只有他对我忠诚。

　　　　　　　这失败的日子赋予我的光荣

　　　　　　　将比屋大维和马克·安东尼

　　　　　　　通过这不光彩的胜利所获得的更多。

　　　　　　　那么大家珍重了，布鲁图的舌头

　　　　　　　已经几乎说尽了他一生的历史。

　　　　　　　夜色挂在我双眼上，我这把骨头想休息了，

　　　　　　　劳累了一天就等着这个时刻。

警号声。幕内呼喊："快逃，快逃，快逃！"

克利图斯　　快逃，主公，快逃！

布鲁图　　　去吧，我就来。　　　　　克利图斯、达达纽斯与沃伦纽斯下

　　　　　　　我求你，斯特拉托，留在你主人身边。

　　　　　　　你是个有着良好名声的人；

　　　　　　　你的生活中有些高尚的品味。

　　　　　　　那就握紧我的剑，把脸扭过去，

　　　　　　　等我扑上去。行吗，斯特拉托？

斯特拉托　　先把手伸给我。永别了，我的老爷。

布鲁图　　　永别了，好斯特拉托。——（扑到剑尖上）

　　　　　　　凯撒，现在安息吧，

　　　　　　　我杀你时还没有这一半的决绝。（死）

警号。收兵号。安东尼、屋大维、梅撒拉、卢齐琉斯及军队上

屋大维	那是什么人？
梅撒拉	我主公的仆人。斯特拉托，你的主人在哪儿？
斯特拉托	摆脱你的枷锁的束缚吧[1]，梅撒拉。 征服者只能把布鲁图变成一团火[2]， 因为只有他自己能征服自己， 别的人谁也不会借他的死获得荣誉。
卢齐琉斯	布鲁图就该像这样。我谢谢你，布鲁图， 你证明了卢齐琉斯的话是对的。
屋大维	布鲁图的所有旧部，我都收容。 伙计，你愿不愿意跟着我做事呢？
斯特拉托	好，如果梅撒拉愿意把我推荐给您的话。
屋大维	照他说的办，好梅撒拉。
梅撒拉	我的主公是怎么死的，斯特拉托？
斯特拉托	我握着剑，他扑到了剑上。
梅撒拉	屋大维，那就收下他跟随你吧， 他为我主公尽了最后的义务。
安东尼	这是他们当中最高贵的罗马人： 唯有他除外，所有谋逆者的作为 都是出于对伟人凯撒的嫉恨； 只有他，思想高尚，出于对公众 福祉的关心，才加入他们一伙。

1　意谓劝其自杀。
2　意谓焚其尸体。

他一生高洁，各种气质[1]在体内
平衡交融，连造化女神都会
站起来向全世界宣告："这真是人杰！"

屋大维　　咱们来依据他的德行对待他，
以极大的敬意为他举行葬礼吧。
他的遗骨今夜将停在我营帐里，
像一位军人，受到隆重礼遇。
就此收兵休息吧，咱们走吧，
去分享这欢乐日子的光辉荣耀。　　　　　　　众人下

1　气质（elements）：指古希腊哲学中构成万物的四大基本元素：火、水、土、气。或指古代
西方体液学说中的四大体液：血液、黏液、胆汁、忧郁（黑胆汁）。西方古代生理学认为，
体液比例的不同决定人的气质和体质不同。

译后记

傅　浩

　　早在十五六年前，有人倡议重译莎士比亚。我应邀选译了一个剧本，即《尤力乌斯·凯撒的悲剧》，所用底本是"第一对开本"（1623）。但后来，不知何故，出版计划无疾而终，没有了下文。

　　此次又有人组织重译莎士比亚，我又受邀参与译事，于是自然就想到以未发表的旧译来充数。但此次所用底本是对第一对开本重新编校注释的《皇家莎士比亚剧团版莎士比亚全集》（2007），要求连注释带编者前言等内容也要翻译。我花了一个月时间，逐字校改了旧译，并增译了附加的外围文本。

　　仅就《尤力乌斯·凯撒的悲剧》而言，此版注释堪称精审，但也不无微瑕。例如第五幕第三场第 7 行后半部分提提纽斯说："his soldiers fell to spoil"，注释云："**fell to spoil** were slaughtered"，据此，该句就意谓"他（布鲁图）的士兵被屠杀了"。这无论从剧情还是词义上都讲不通。难道注释者没有注意到下文（同场第 52～54 行）梅撒拉所说："It is but change, Titinius, for Octavius / Is overthrown by noble Brutus' power, / As Cassius' legions are by Antony"（不过是互有得失，提提纽斯；/ 屋大维被高贵的布鲁图的大军打垮了，/ 一如卡修斯的军团被安东尼击溃了）？这明明是说，布鲁图的军队战胜了，那么，怎么会被战败者"屠杀"

呢？上文提提纽斯所说的那句话后面还有"Whilst we by Antony are all enclosed"（我们［卡修斯的军团］却被安东尼全面包围了），其实指的是一回事，即布鲁图胜而卡修斯败的事实。注释者似乎也未注意到"whilst"这个连词的转折对比含义。难道说，注释者把"spoil"理解成了"The action or fact of spoiling or damaging; damage, harm, impairment, or injury, esp. of a serious or complete kind"（OED："spoil", n. III. 7.），意思是"严重或彻底的毁坏、伤害"；"fell to"则理解成了"落入（某种境地）"？无论如何，上引注解都颇令人费解。

一种可能的理解是："spoil"还有个意思是"Goods, esp. such as are valuable, taken from an enemy or captured city in time of war; ... booty, loot, plunder"（OED: "spoil", n. I. 1.），意谓"战利品"，而"fell to"加名词意思是"开始（做）某事"，如"**to fall to** (food): to begin eating (it). **to fall to work**: to begin working"（OED: "fall", v. 67. e.），那么，"fell to spoil"意思就应该是"开始抢战利品"。这正是战胜者应有的表现，联系下文梅撒拉的话，也才合乎情理。证诸别的注本，类似理解也不止一家。如《河畔版莎士比亚全集》（1974）："spoil: looting"（卷 2，页 1130，注 7）；帕特里克·默里（编）*Drama for School: Julius Caesar*（1996）："fell to spoil: set about pillaging"（页 127，注 7），都说是"开始抢掠"的意思。而《皇家版》的那种注解却为译者所仅见，因其不合理，故在此译本中不予采纳。

至于风格，我同意美国诗人威廉·卡洛斯·威廉斯的看法，即莎士比亚的剧本首先是要"说出来的"，其次才是记录在纸面上的分行等讲究[1]。所以，翻译要讲求同等效果，首先就要做到说出来令人听得懂。所

---

1 见《作家在工作：巴黎评论访谈录》第三系列，伦敦：Secker & Warburg 出版社，1968，第14 页。

谓同等效果，不应像有的人所误解的，指译入语（汉语）与译出语（英语）的同时代（现代）读者／观众之间的接受效果等同或近似，而应指现代汉语读者／观众与莎士比亚时代英语读者／观众之间的接受效果等同或近似。打个不太恰当的比方来说，一般现代英语读者／观众对莎士比亚戏剧的观感犹如现代汉语读者／观众对昆曲的观感，是有隔膜的，似懂非懂的，而莎士比亚时代英语读者／观众的观感却不同，应该是亲切而新鲜的，随剧情的悲喜或黯然神伤或哄堂大笑的。所以，我们不应故意模拟时间造成的隔膜，给现代汉语读者／观众提供一个仿古译本，而应努力除去时间做旧的痕迹，提供一个现代汉语译本，在其中还原重现原作的当代感。后者才可谓真正的等效翻译。其实，莎士比亚本人就是这样，把古代的普卢塔克"翻译"给同时代人看，如乔纳森·贝特所说，"是个'时装'戏剧家，在使过去对现在说话[1]。"

在此前提下，其次再着力于区分不同角色的说话风格和文体的层次，使英雄高贵，使小丑滑稽，使淑女温婉，使莽汉粗俗，使韵文庄严，使散文自然。当然，头衔称谓和一些特殊名词可适当体现时代特征，以避免明显的时代错位之感，但由于东西方历史发展并不均衡，有无难通，有时这也难以做到恰如其分，不过是大略仿佛而已。文字的纸面排列形式，如诗体部分的分行等，虽同在考虑之列，但犹如船上的货物一般，属于不得已时最先舍弃的一类。此所谓不以文害辞，不以辞害意是也。

任何翻译，愚以为，均应以贴切自然为上。"贴切"是指与原文在意蕴乃至风格等方面的契合，"自然"是指在译入语系统中表达的合文理、合习惯，天然去雕饰。同时做到这一体两面，洵非易事。说到翻译标准，译者大抵心目中都自有理想，但这理想也非一成不变，而是随认识水平

1　见本书《导言》。

和翻译功力的发展而变化的，而实践经验和效果往往又是另一回事，故眼高手低的现象盖不乏见。即便以愚见衡量拙译，结果恐怕也不能令人十分满意。所谓翻译标准或理想，不过是一种努力方向而已吧。